Silvia Wobschall

Mein Leben mit den Samtpfoten

ich schreibe dieses Buch für alle Katzenliebhaber (rinnen) und möchte gleichzeitig auf den Tierschutz aufmerksam machen, denn wie ich vor vielen Jahren hatte(n)und haben noch heute Katzenbesitzer wenig Ahnung von Katzenpopulation, Kastrationen, Katzenkrankheiten und artgerechter Tierhaltung!

Dies ist meine Biographie in 2 Teilen,
vielleicht habe ich Lust und es gibt 2020 noch einen 3. Teil, mal sehen!

Mein Leben mit den Samtpfoten Teil 1

Kapitel 1

Meine erste Samtpfote

Heute bin ich 68 Jahre jung und lebe mit meinen Vierbeinern Pauli, Charly Gypsy und Möbbel in NRW in Bad Oeynhausen. Angefangen hat alles in meiner Heimatstadt Berlin- Schöneberg mit einem lang ersehnten Wunsch, endlich eine eigene Katze zu haben, aber es gestaltete sich schwierig.

Als einziges Mädchen von vier Kindern in Berlin aufgewachsen, durften wir leider nur einen Hamster, Meerschweinchen, Kaninchen und Wellensittich versorgen. Der kleine flauschige Zeitgenosse zog wie Rambo ins Wohnzimmer in das Schlafsofa in den Bettkasten, wo er verschwand und nicht mehr lebend raus kam. Seine Zeit war begrenzt, ebenso wie das Leben der kleinen Meerschweinchen, keines wurde sehr alt. Es lag einfach daran, wie unwissend meine Eltern waren. Und um uns zufrieden zu stellen, haben sie diese Wesen angeschafft.

Alles falsch und ohne Verstand!

Hamster und Meerschweinchen brauchen regelmäßig Bewegung, gute Pflege und Futter. Nicht, dass wir sie nicht fütterten, nein, aber keiner meiner Brüder hatte Lust, die Käfige zu säubern. Auch unsere Flugobjekte wie Peterle und Pauli hatten ein kurzes Käfigdasein, leider!
Wir waren zu unerfahren und noch Kinder. Heute weiß ich es besser.
Das waren nicht die richtigen pelzigen Haustiere für mich, ich wollte einen Stubentiger. Endlich mit 20, ich wohnte in einem Altbau mit einer Freundin zusammen, wollte ich eine Katze kaufen. Das Geschäft, ein

Zoohandel in Berlin, es gab dort Geschäfte, die Tiere verkauften in den 70 ziger Jahren, wohl alles legal, bot mir für 40 DM eine halbtote Mieze, weißgrau gezeichnet, an.

Sie starb nach nur einer Woche beim Tierarzt. Ich brachte diesem Verbrecher das tote Tier zurück, bekam mein Geld wieder, weil er wohl doch Manschetten vor der Polizei hatte.

Heute und jederzeit hätte ich ihn sofort angezeigt.

Julchen

Aber ich hatte Geduld und wenige
Zeit später zog ein kleines, winziges
Kätzchen von 12 Wochen in mein

trautes Heim. Sie war wunderschön gezeichnet, eine dreifarbige Glückskatze namens Julchen. Da sie noch sehr verspielt war, versuchte sie überall hochzuklettern, reinzukriechen, alles, was sich nur bewegte, war höchst interessant. Natürlich ging auch mal was kaputt, was sollte es, aber mein damaliger Lebensgefährte fand das nicht so toll, wenn Julchen die rote Samtübergardine als Kletterpfad benutzte, er hatte sie mir erst geschenkt, aber nach kurzer Zeit begriff sie, dass die Gardine für sie tabu war und Peter und Julchen waren dann ein Herz und eine Seele. Sie machte mir viel Freude, allein schon zu sehen, wie schnell sie wuchs und ein Jahr wurde. Sie bekam ein einziges Mal Babys, vier an der Zahl. Im Erdgeschoss lebte ein Kater, der uns manchmal besuchte und es hat sofort geklappt, beide wurden Eltern. Julchen war und blieb aber eine Wohnungskatze. Bevor sie die Jungen zur Welt brachte, hatte ich ihr im Schlaf-

zimmer eine Wurfkiste im Kleider-
schrank vorbereitet, diesen Schrank
liebte sie abgöttisch. Innerhalb von 2
Stunden wurden vier kleine, winzige
Fellnasen geboren, die sie liebevoll
ableckte und putzte und die Nachge-
burt verschlang, dies ist bei Katzen so
üblich.

Es gab keine Komplikationen, eine
trigolor farbene, eine weiß-graue, eine
grau getigerte und ein roter Kater hatten das Licht der Welt erblickt. Schon
sehr emotional!

Was dann kam, war sehr aufregend,
soviel Besuch hatte ich noch nie.
Nachbarn, Freunde und Familie, alle
wollten die kleinen Ehrenbürger sehen, aber ich achtete immer darauf:
nicht hochheben oder anfassen.

Die erstgeborene, eine grau getigerte,
ein Mädchen, behielt ich und sie be-

kam einen seltenen Namen – *Nante-*

Nante, Julchen

Die drei anderen vermittelte ich in
liebevolle Hände. So dachte ich jedenfalls. Eine liebe Freundin nahm
die weiß-graue, sie hieß Anja und hatte ein tolles Dasein bei ihr. Der rote
Kater wanderte ein paar Mal und
wechselte den Besitzer, nun ja, heute
würde ich vieles anders machen und
besser! Aber erst einmal musste ich
Erfahrungen sammeln.

Kapitel 2

Suche nach Julchen

Da es immer schwierig war, jemanden zu finden, der meine beiden aufnahm, musste ich sie schon mal trennen, nicht gut! Nante kam zum Nachbarn und Julchen nach Lichterfelde zu Bekannten, als ich auf Reisen ging. Damals schon in den Siebzigern und Achtzigern wollte ich was von der Weltgeschichte sehen und erleben und als junger Mensch ist man schon egoistischer. Meine Samtpfote Julchen sorgte für großes Aufsehen. Ich bin natürlich nur weggefahren, wenn ich wusste, meinen Tieren ging es gut, diesmal sollte ich mich täuschen.

Meine Freunde mit Hund und Katze, hatten nicht aufgepasst, als ich auf Westerland mir den Wind ins Gesicht wehen ließ und ich einen wundervollen Rundtörn im Segelflugzeug über die Holsteinische Schweiz genoss, es war traumhaft!

Julchen war gleich am nächsten Tag abgehauen, sie war ein Wohnungstiger und kannte sich in der Natur und Freiheit nicht aus. Dort, wo sie jetzt war, waren nur Wald, Wiese und Flur und die Funkstation der Engländer, ein Riesenareal.

Meine Wohnung lag ca. 20 km entfernt. Die Lichterfelder voller Frust und Verzweiflung gaben schnell die Suche auf. Ich fuhr sofort zurück und eilte jeden Tag von Schöneberg nach Lichterfelde in der Mittagspause und nach der Arbeit und suchte meine so heiß geliebte Katze.

Ich lockte sie mit Leckerlies
und rief mir die Kehle aus dem Leib, lief meine Füße wund und mobilisierte sämtliche Kids dort im Viertel, sie zu suchen. ***Finderlohn war angesagt!***
Endlich nach vier Wochen Suche und erschöpften Nächten fand ein kleiner Junge sie in einem Keller im Nachbarhaus, er konnte reinklettern und sie rausholen. Ich hatte mein Julchen,

etwas demoliert und mager, einen Zahn weniger, endlich in meinem Arm. Große Freude und mit einem 10 DM-Schein zog der Knirps von dannen.

Kapitel 3

Tiger, der Streuner

Inzwischen streunte auf unserem Hinterhof eine braun-getigerte Katze herum. Wir wohnten in einem großen Altbau mit Innenhof. Vaters Garage bot sich als Versteck an. Niemand wollte sie haben, einige drohten sogar, sie zu vergiften und ich brachte es nicht übers Herz, sie ins Tierheim zu bringen.

„Tiger" war der passende Name für sie, denn, wenn man sich falsch bewegte oder sie streichelte, kratzte und biss sie sofort. Aber ich schaffte es zumindest, dass sie Vertrauen fasste und wir kamen klar.

Man wusste nicht ihr genaues Alter und kurze Zeit später diagnostizierte der Tierarzt eine schlimme Entzündung der Bauchspeicheldrüse und nach mehreren Behandlungen musste ich sie doch erlösen, es blieb nur die besagte Spritze.

Tiger 1

Nach Tiger kamen noch einige herrenlose Samtpfoten, die auf meine Hilfe hofften, ein verletzter Kater im Straßengraben, man konnte nichts mehr für ihn tun. Eine zugelaufene schwarze Katze unter meinem Carport, die niemandem gehörte. Die Liste würde lang, alle aufzuzählen. In den 80 zigern Jahren war es noch nicht so streng mit Chip und Nummer im Ohr, also Katze ohne Namen,

Heim, herrenlos, ein *Nobody*. Floh, so nannte ich die schwarze Katze, weil die kleinen Tierchen in ihrem Fell nur so rumtanzten, konnte ich in gute Hände vermitteln, voran natürlich die beliebte Floh- und Wurmkur. Auch eine schildplattfarbene Glückskatze, die ich bei der Suche nach Julchen fand, bekam ein neues, schönes Domizil, wo sie sich wohlfühlte.

Nun waren es wieder zwei, Mutter und Tochter und ich war auch voll ausgelastet, zumal ich doch hin und wieder verreiste.

Inzwischen, auch viermal innerhalb des Altbaus umgezogen, hatte ich wieder einen Tiger mehr, wohl bemerkt, nicht geplant. Ich brachte eine verletzte Taube ins Tierheim Lankwitz. Im Warteraum saß ein junger Mann, der seine Katze abgeben musste oder wollte? Die Taube ließ ich da, die Katze nahm ich mit. Der Besitzer hatte den Impfpass dabei und so gab es keine Formalitäten. Ich glaubte, er war heilfroh, sie loszuwerden, denn kein einziges Mal rief er an!

Sie war „Tiger 2" und bildschön gezeichnet, sehr verschmust und vertrug sich sofort mit meinen beiden. Zur damaligen Zeit hätte ich eine Auffangstation eröffnen können, ich zog die Samtpfoten förmlich an. Entweder lag ein fast verendetes Tier im Carport oder vor der Haustür wartete ein anderes hungriges, zerzaustes Wesen, welches ich wieder aufpäppeln oder vermitteln konnte, wenn meine Hilfe nicht zu spät kam.

Julchen hatte auch eine Schwester, fast genauso im Aussehen, nur am Auge einen schwarzen Fleck und ihr Name war Frechi. Sie besuchte uns oft, wenn ihr Frauchen auf Reisen ging.

Auch 1980 und später gab es selbst in der Großstadt viel zu viele herrenlose Katzen, entweder sind die Besitzer verstorben und wenn Altbauten abgerissen wurden, sind die Menschen ohne ihren Vierbeiner weggezogen, haben ihn einfach im Stich gelassen! Was für grausame Menschen, aber die gibt es jetzt im Jahr 2019 umso mehr!

Tiger 2

Schwarze, gestreifte, schwarz-weiße, getigert, rot und grau und sogar ein Karthäuser begegneten mir.

Diesen wunderschönen, grauen Kater wollte niemand, eine Lehrerin hatte ihn geschenkt bekommen, mochte aber keine Katzen und so drückte sie ihn meiner Mutter in die Hand, die in dieser Schule arbeitete. Er landete natürlich bei mir, aber ich hatte schon drei zu versorgen und es war schwierig, ihn zu vermitteln, weil er überall hin pinkelte, aus Rache, Angst oder Trotz. Aber ich gab nicht auf und nach kurzer Zeit zog er zu seinen neuen Eltern nach Essen, wo er das Pinkeln ließ. Sein Name war übrigens ***„Pinkus"***

Ich betone nochmals, obwohl Großstadt, es genug herrenlose, heimatlose und verstoßene Samtpfoten umherliefen und sie spürten, da ist ein Gutmensch, der helfen würde. Ich will mal kurz erwähnen, damals war ich Anfang 30, assistierte beim Zahnarzt und führte zusätzlich mit meinem Partner einen kleinen Antiquitätenladen, ab und zu jobbte ich noch in einer Kneipe.

Ich bezahlte alles aus eigener Tasche für die Cats, Tierschutz auf ehrenamtlicher Basis. Zu dieser Zeit kannte ich keine solchen Tierschutzvereine und wusste auch zu wenig davon.

Nun bin ich wieder bei meinen 3 Stubentigern. Julchen begleitete mich viele schöne Jahre, sie wurde 17 und starb nach kurzem Leiden zu Hause. Dazu muss ich noch was anmerken, damals war man nicht so schnell mit dem Einschläfern und da sie zu Hause noch fraß und der Tierarzt sagte, sie hätte keine Schmerzen, wollte ich, dass sie in ihrem Reich die letzten Stunden genoss. An dem Tag, als sie starb, es war November, ging ich mit ihr in die Kirche eine Straße weiter zum Abendgottesdienst, ich hatte sie in eine Reisetasche in eine Decke gewickelt und für sie gebetet. Ich vertraute sonst nicht so „ihm da oben", aber es half, denn zwei Stunden später starb sie, bäumte sich noch mal auf, pillerte und ein kleiner Schrei und ihr Leben war zu Ende.

Alles sehr bewegend und traurig, sie war meine erste Katze und ich hatte sie sehr geliebt. Sie war für mich nicht nur ein Lebewesen, sondern ein Weggefährte, mit dem ich lebte, so wie mit allen anderen auch!

Wenn Menschen immer so tun, als wäre ein Hund, Vogel, Katze nur ein Tier, nein, sie sind auch Familienmitglieder, gehören einfach dazu.

Kapitel 4

Abschied und Neuzuwachs

Nach Julchens Tod wurde ihre Tochter Nante sehr krank, nur ein halbes Jahr später, vielleicht aus Kummer über den Verlust , plötzlich war da ein bösartiger Tumor am Auge, den man nicht operieren konnte. Frage mich, warum Tiere auch so einen Mist kriegen. Der Tierarzt konnte nur noch die Spritze anbieten und so kam Nante zu ihrem Mütterchen in die Erde. So waren sie wieder vereint.

Inzwischen wohnte ich in Berlin-Tempelhof im 2. Stock mit einem sehr kleinen Balkon, viel zu gefährlich für meine Stubentiger. Dort konnte man gerade einen Wäscheständer und Tischchen platzieren. Da Tiger 2 nun allein war, weil seine beiden Artgenossen im Katzenhimmel verweilten, musste wieder ein Spielgefährte her.

Immer irgendwie tat sich ein neues Licht auf und bei Bekannten in den Schrebergärten in Berlin Spandau stromerte ein junges, wieder dreifarbiges Kätzchen umher. Sie hatte noch Geschwister und richtig gekümmert hatte sich niemand. Sie wollte zu mir und ich hatte sie einfach mitgenommen. Der Garten war so verwüstet und anliegende Nachbarn fütterten die Kleinen. Ihre langen hohen Beine waren auffällig, sie war frech und lustig anzusehen, ihr Alter ca. 12 Wochen.

Tiger mochte sie von Anfang an und sie hatte durch strenge Aufsicht meinerseits Welpenschutz. Abwechslung bekamen beide genug, zumal im Haus eine Treppe unter mir, Kater Oskar, ein weiß-schwarzgefleckter Tiger, lebte. Er hatte schon einige Jährchen auf dem Buckel, kam ab und zu hoch zu uns, nicht auf Besuch, nein, auch mal eine Woche, wenn sein Frauchen auf Reisen ging. Es klappte ganz gut mit ihm und meinen beiden. Stopp-habe fast vergessen, der Neuzugang hieß Lucy, eigentlich wäre Luzifer treffender gewesen, sie war ein klei-ner Teufel.

Lucy

Kleine Katzen, wenn sie im Welpen-alter sind, bewegen alle Herzen und natürlich toben, spielen und rumoren sie ständig in der Wohnung herum. Ein Kater einer Freundin, Mokus, wieder getigert, ihn habe ich auch vor dem Tierheim gerettet, brauchte meine Fürsorge und Pflege, wenn seine Herrin reiste. Mokus war jedoch nicht immer so liebevoll zu Lucy und dann und wann musste ich ein Machtwort sprechen, denn sie hatte wirklich Respekt vor ihm, zumal er so viel größer war. Aber alles ging gut und weitere Katzenmeetings gab es dann und wann, langweilig war es nie bei mir.

Selbst ein großer Schäferhund-Labradormischling, der mit meiner Mutter für 14 Tage bei uns einzog, konnte meine Raubtiere nicht erschüttern. „Alex", so hieß er, nahm alles ganz gelassen und Lucy und Tiger gingen ihm aus dem Weg, hatten die bessere Aussicht von oben. So bot sich ein Regal, der antike Schrank und Tisch dafür an, Alex von oben zu beobachten. Auch ein kleiner Stubentiger, so alt wie Lucy, besuchte uns regelmäßig und dann ging die Post ab, die beiden schmusten, tobten. Es war einfach toll, den beiden zuzusehen. Seinem Herrchen fiel auch kein besserer Name ein: *„Tiger"* eben, jetzt hatten wir schon drei Tiger, auch nicht tragisch!

Dort in Tempelhof hatte ich Glück und mal Pause vom Katzenadoptieren. Es liefen keine herrenlosen umher oder lungerten in unserem Innenhof. Nur im Erdgeschoß, aber am Fenster in der Wohnung, schaute eine Perserkatze dem Alltag zu. Erholung vom Tierschutz, wie schön!

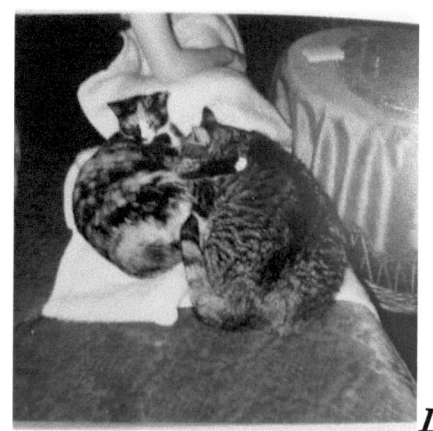

Lucy und Gasttiger

Lucy und Tiger

Möbbel

Kapitel 5

Der Neuanfang in NRW

Nach vielen Reisen und einer Reha beschloss ich, 1994 nach Bad Oeynhausen zu ziehen. Ich hatte mich während der Kur verliebt, aber das sollte nicht lange dauern, da war ich wieder Single und nur Katzenmutter. Klar hatte ich oft Heimweh und stellte mir die Frage, bleibe ich oder will ich wieder nach Berlin zurück?
Ich blieb. Inzwischen war ich 42 und immer noch nicht liiert, aber alles im Leben ist einem mehr oder weniger vorbestimmt.

Nach zwei großen Enttäuschungen in der Vergangenheit mit den männlichen Geschöpfen, wodurch ich viel Geld verlor, beschloss ich, alleine und als ledig durchs Leben zu gehen, natürlich mit meinen Samtpfoten.

Dieser Neubeginn auch für meinen Tiger 2 und Lucy, wir lebten ja jetzt in einem neuen Bundesland, war erst einmal gewöhnungsbedürftig. Die kleine Wohnung in der Wiesenstrasse hatte keinen Balkon, aber ein riesiges Fenster, wo beide zur Strasse und ins Grüne blicken konnten. Sie gewöhnten sich schnell an diese vier Wände. Eines stand für mich fest, ohne Partner war es auch manchmal trist, natürlich musste man auch den Richtigen finden, aber meine Katzen waren nie das Problem. Jedoch konnte und wollte ich nicht ohne meine Vierbeiner mehr sein. Wenn ein Tierchen von mir ging, flossen viele Tränen, manchmal ging ich einfach ins Bett und wollte nur schlafen und verdrängen.

Jedes Mal brach es mir das Herz. Ich bin eben ein sehr emotionaler Mensch, leicht am Wasser gebaut. Filme im Fernsehen, wo Tiere sterben oder gequält werden, nein danke! Ich wusste, dass auch diese Wohnung nur eine Übergangslösung war, sehr klein und ohne Küche, aber zur Arbeit sehr nahe. Nach zwei Jahren in der Südstadt fand ich in der Nähe eine größere mit Loggia und viel Sonne, wo meine beiden oft lagen und die Bäume rascheln und Vögel zwitschern hörten, aber sie kamen nie auf die Idee, abzuhauen. Die Wohnung lag im 1. Stock.

Ich möchte etwas Lustiges zu Lucy schreiben, oft kam sie zum Bad und schaute mal rein und eines Tages erwischte ich sie, wie sie auf der Klobrille saß und rein pieselte, ist nicht erlogen. Es war so. Sie tat es noch zweimal, dann nimmer. Sag mir einer, Katzen wären nicht schlau. Allein die Katzenwäsche, stundenlang, natürlich ist das ihnen angeboren. Sie sind so

reinlich, ständig am Lecken und Put-
zen, dann mal wieder raus die lästigen
Haare aus dem Magen. Deshalb ist
Katzengras so wichtig oder Malzpas-
te. Die Reinlichkeit beim Toiletten-
gang, scharren, bis die Streu überall
im Zimmer verteilt ist, damit niemand das Geschäft riecht.

Otto

Nicky

Kapitel 6

Katzenfreud und Katzenleid

Wieder und erneut begegnete ich streunenden Katzen auf unserem Wohngelände, wieder die Qual, wohin mit ihm oder ihr, weil es immer Menschen gab und gibt, die keine Fellnasen mögen, sogar hassen, vergiften, mutwillig überfahren, alles schon dagewesen.

Aber ich glaube, " *Menschen, die keine Katzen mögen, müssen in ihrem früheren Leben eine Maus gewesen sein"!*

Es ist doch überhaupt nicht schwer,
Tiere zu mögen, ob Hund, Katze,
Kaninchen, Hamster, Vogel, Pferd
oder Schaf. Tiere geben soviel zurück
und wieder ist ein Sprichwort tref-
fend:

„Wer die Menschen kennt, liebt die Tiere"!

In der Südstadt von Bad Oeynhausen
lag am Straßenrand ein roter Kater,
vermutlich vergiftet, meine Nachbarin und ich wussten auch, wer das
wohl war. Wir begruben ihn, weil er
dort ein Bild des Schreckens gab, so
schlimm verendet.

So sind doch manche Menschen, keine Achtung vor den anderen, vierbeinigen Lebewesen.

In dieser Wohnung musste ich mich von meinem 2. Tiger trennen, ganz traurig. Ich machte nachts immer die Schlafzimmertür zu, um meine Ruhe zu haben, das war nicht gut. An einem Morgen lag mein Tiger vor dieser Tür, wollte zu mir, doch er konnte nicht mehr laufen, seine Hinterläufe waren gelähmt. Ganz schnell zur Tierärztin, es war ein Sonntag, ich hatte Glück, sie war da. Sie versuchte es mit einem Mittel gegen die Schmerzen, hoffte, vielleicht ginge die Lähmung zurück, aber nein, am Montag musste ich diesen schrecklichen Gang zum Tierarzt machen und Adieu „sagen". Das sind Momente, die man nie vergisst.

Ich habe immer für das Wohl der Tiere entschieden, aber wer sagt einem, dass das immer richtig ist. Mein Stubentiger hatte einen Thrombus und es wäre kompliziert gewesen, ihn zu operieren. Die Katze verblutet innerlich und das sind höllische Schmerzen.

Alles, was wir Menschen im Laufe unseres Lebens kriegen, Tiere bekommen den gleichen Mist, wer weiß, warum?

Tiger wurde 17 und wohlgemerkt, er hatte ein schönes, bewegtes Leben bei mir. Schließlich sollte er damals schon ins Tierheim. Wer weiß, was aus ihm geworden wäre? Aber ich nahm ihn mit aus dem Warteraum, ein Glück für ihn und für mich!

Nun wollte und musste ich wieder eine Lücke füllen, denn Lucy sollte nicht allein bleiben, brauchte wieder einen Spielgefährten.

Aber ich sage Ihnen, das war gar nicht so einfach. In den Tierheimen gab man mir keine Katze, sie hatten wohl nur Freigänger, ich wollte aber einen Stubentiger. Endlich landete ich im Franziskushof im Kalletal. Ich suchte sofort sehnsüchtig nach einer braun-schwarzgetigerten Katze, aber die ließen sich nicht einfangen.

Auf einmal schlich ein zierliches, grau-weißgetigertes Fellbündel um meine Beine und so war es um mich geschehen, sie sollte es sein. Kimberly, ein Mädchen, ca. 2 Jahre alt, hatte schon drei Aufenthalte hinter sich, davon 2 Tierheime. Trotzdem hatte sie mich auserwählt und so nahm ich sie für 100 DM mit. Der Franziskushof schrieb mir mehrere Male und wollte wissen, wie es Kim so ginge. Ich schickte Fotos und berichtete ordnungsgemäß.

Sie war eine zurückhaltende, vorsichtige Mieze und nicht sofort zutraulich.

Außerdem litt sie an einer chronischen Bronchitis und das erforderte eine längere Behandlung mit Antibiotikum und Pillen. Es hatte Monate gedauert, bis Kim einigermaßen fit war. Ich versuchte, immer auf Augenhöhe mit ihr zu sein, kniete mich auf den Boden und sprach leise mit ihr. Ich ließ sie gewähren und siehe da, nach geraumer Zeit sprang Kimberly zu mir aufs Sofa und der Bann war gebrochen. Jetzt durfte ich sie kraulen und streicheln.

Kimberly

Endlich angekommen in ihrem neuen Zuhause. Wenn Katzen sprechen könnten, was wäre da zu berichten, wie gut oder schlecht meine Vorgänger waren, die Menschen!

Auch mit Lucy verstand sich Kimmy, so nannte ich sie dann, sehr gut. Beide sonnten sich auf der Loggia und genossen den Sommer, ohne auch den Versuch zu starten, abzuhauen. Wir haben dort etliche Jahre verbracht, schöne Zeiten.

Meine 1.Katze

Kapitel 7

Wieder packen und umziehen

Nach einiger Zeit wurde mir ein kleines Häuschen auf der Lohe zur Miete angeboten. Eigentlich überschritt diese Mietsumme mein Budget, zumal ich gerade eine Weiterbildung für 8 Monate machte. Das Jobcenter schickte mich in die Akademie nach Herford und ich absolvierte dort einen Computerführerschein. Auf dem Arbeitsmarkt war ich bereits mit 50 zu alt, um erneut in einer Arztpraxis oder Klinik zu arbeiten. Hatte so viele Bewerbungen geschrieben, ein Praktikum überstanden, vergeblich, man wollte mich nicht. Fühlte mich in den Kliniken nur ausgenutzt, war eine Kraft, die nichts kostete und am Ende wurde man noch nicht einmal vernünftig verabschiedet. Im Gegenteil, der Direktor bat mir seine Dienste für Gartenarbeit an, Frechheit, aber so sind sie, die Obersten, die meinen, sie stehen über den Dingen.

Schwamm drüber!!

Ich konnte das Häuschen mit der wunderschönen Pferdewiese zwei Jahre genießen und mir leisten. Ich wusste zu der Zeit auch noch nicht, was mir noch blühen und auf mich zukommen würde!

Kimberly

Im Garten stand ein Vogelhäuschen, in dem Kimmy immer wieder schlief und ob sie es glauben oder nicht, sie ließ sogar Meisen, Spatzen und Finken gewähren, wenn die sich die Sonnenblumenkerne holten, nie hat sie sich einen Vogel geschnappt.

Es war ihr Lieblingsplatz und es war mir auch lieber, sie dort wegzulocken, als wenn sie des Öfteren nachts auf der Loher Strasse spazieren ging. Manchmal dachte ich, mir bleibt fast das Herz stehen, voller Panik holte ich sie von dort weg, man fuhr 70/km oder schneller. Nachts ließ ich sie im Haus.

Sie und ich hatten großes Glück, es passierte nie was Schlimmes.

Nicht nur einmal jagte sie mir einen Schrecken ein, nein, ein anderes Mal hing sie im Kippfenster, als ich auf Reisen ging. Eine Freundin versorgte meine Miezen und sie vergaß, das Fenster zu schließen, obwohl ich sie ganz energisch darauf hingewiesen hatte.

Wenn mein Nachbar nicht so geistesgegenwärtig gewesen wäre, dann hätte das für Kim das Ende bedeutet, sie wäre erstickt.

Bitte an alle Katzenhalter, nie das Kippfenster auflassen, wenn ihr aus dem Haus geht, eure Vierbeiner strangulieren sich und ersticken fürchterlich!

Zu der Zeit 2002 wurden am Nachbarhof, ein großer Bauernhof, ziemlich heruntergekommen, viele Katzenbabys geboren.

Als die Jungen einige Wochen alt waren, kamen sie in meine Nähe, verirrten sich. Ich, natürlich, hellhörig geworden, brachte einen kleinen schwarz-weißen Felixkater zurück.

Der Bauer, ein alter grimmiger Bursche, war einigermaßen freundlich zu mir, auch zu dem kleinen Kerl, aber er sah nicht, wie hungrig dieser war und viel zu dünn. Der Winzling hatte so zarte Beinchen und einen großen Blähbauch wie ein kleines Biafrakind. Er guckte immer mit seinen tränenden Augen zu mir auf und miaute heimlich, „nimm mich bitte mit"!

Die Worte des Bauern waren, „der will doch zu Ihnen, nehmen sie einfach mit", schwupp, das tat ich dann auch.

Robin und Gypsy 1

Er bekam einen Bananenkarton mit Decke als Schlafplatz und gleich am nächsten Tag wanderte ich mit ihm zur Tierärztin. Diese hatte noch nie so viele Würmer aus einem kleinen Katzenwesen rausgeholt. Es war noch rechtzeitig, die Wurmkur musste mehrere Male wiederholt werden. Dazu kam ein Antibiotikum, aber **„Robin Hood"**, so nannte ich den tapferen kleinen Kerl, schaffte es. Er wuchs und erholte sich und wurde ein richtiger Schmusekater.

Kurz danach fing ich noch seine winzige Schwester, Gypsy, ein. Sie war wesentlich kleiner, aber aus dem gleichen Wurf. Im Gegensatz zu Robin, war sie wild und rasant schnell. Und das sollte ihr zum Verhängnis werden.

Auf diesem Hof waren so viele Katzen und die Mutter meines Robins und Gypsy war schon sehr betagt und immer noch nicht kastriert wie fast alle Fellnasen auf dem Gut, schrecklich. Viel Dreck, kein vernünftiges Futter, nur mal Tischreste und Milch. Aber wenigstens konnten sie im Stall auf dem Stroh schlafen. Die Katzenmama hieß Mauki und war sehr zurückhaltend, wenn ich kam.

Gypsy sollte ein neues Zuhause bekommen, aber das ging schief. Sie war erst ein halbes Jahr und noch sehr klein und ein Ehepaar mit einem großen, ausgewachsenen Kater nahm sie mit. Gypsy verschwand unter dem Schrank und aus Angst vor diesem in ihren Augen großen Monster, kam sie

nicht mehr hervor. Es sollte auf Anhieb klappen, aber manchmal braucht
man Geduld und Zeit, hatten sie
nicht und brachten mir die kleine
Maus zurück. *„Aus die Maus"!*

Gypsy hatte leider ein befristetes Dasein, ihr Trieb nach Strolchen, Stro-
mern und Herumtreiben, obwohl sie
kastriert war, wurde ihr zum Verhängnis. Ein Autofahrer, der wieder
nicht schnell genug fahren konnte,
erwischte sie beim Überqueren der
großen Strasse. Übrig blieb eine
zerquetschte Katze. Wieder Begräb-
nis, Trauer und Tränen.

Kapitel 8

Ich räumte auf

Gypsy

Weiter zu diesem verdammten Hof. Oft dachte ich, da gehst Du nicht mehr hin, aber im Hinterkopf hatte ich immer diese Bilder der hungrigen Samtpfoten. Ich musste doch was tun!

Eine liebe Nachbarin mit großer Pferdewiese hatte einen ähnlichen

Tick wie ich, versuchte auch das Elend zu mindern und versorgte neben ihren Pferden und Katzen und Hund, auch die zugelaufenen Miezen. Ich redete auf den Bauern ein, bot ihm an, die nicht kastrierten Tiere ins Tierheim zu bringen, natürlich auch wieder zurück. Der Deal war, meine Spritkosten musste er übernehmen, was er auch tat. Nach und nach ließ ich ca. 10 Katzen kastrieren oder sterilisieren und kaufte im Supermarkt Dosenfutter. Auch dafür gab er mir das Geld, also doch ein wenig Einsicht!!

Das Ehepaar hatte einen behinderten Sohn und eine Tochter, die einen medizinischen Beruf ausübte und viel außer Haus war, sie hatte null Bock auf die Katzen, erschien mir ziemlich herzlos. Der Sohn erfreute sich an den Vierbeinern und er versorgte sie auch regelmäßig.

Mauki hatte nun wieder eine Geburt vor sich und diesmal waren es vier Babys, die sie aber nicht versorgen wollte oder konnte. Sie war doch sehr alt und hatte wohl die Schnauze voll vom Kinderkriegen.

Die vier Wesen miauten, schrieen vor Hunger, hingen oben auf dem Heuboden im Stall, wer nicht kam, war die Milchbar. Ich sah das Malheur, brachte die Kleinen ins Haus zu dem Bauern, aber keiner hatte so recht Lust, sie zu versorgen und mit den Worten der Tochter: „so ist die Natur, der stärkere überlebt und sie hätte keine Zeit, solle doch alle mitnehmen und mich vom Acker machen". Sie erteilte mir sogar Hofverbot, was der Vater aber rückgängig machte.

Er hatte wohl doch verstanden, wie wichtig es ist, wenn man Hilfe bekommt. Inzwischen gab er mir im voraus Geld und ich besorgte vernünftiges Katzenfutter. Die vier Winzlinge päppelte ich die ersten Tage mit Aufzuchtsmilch auf und sie gingen sogar schon aufs Katzenklo, in welchem ich zuerst Zeitungspapier mit Streu füllte. Die nächsten Tage eilte ich zum Doc, passten ja in eine Box, wurden gründlich durchgecheckt. Alter ca. 14 Tage und bei dem roten Kater und der dreifarbigen Katze waren noch die Augen zu, ganz verklebt, die anderen beiden kleinen Kater hatten sie auf. Er öffnete vorsichtig die Äuglein und mit täglichem Träufeln wurde es immer besser. Wieder ein Antibiotikum, Wurmpaste, Ohrentropfen und Aufzuchtsmilch, alle drei Stunden den Wecker stellen, richtige Arbeit und immer eine Prozedur. Ich wollte alles richtig machen, habe ich auch!!

Sie bekamen Frischkäse, da ist Kalzium drin, hatten ihn auch gut vertragen und nach drei, vier Wochen waren die kleinen Ehrenbürger stubenrein. Katzen lernen schnell, sind schlau. Das Haus war voll, es waren Ferien, ich musste nicht zur Schule, ich bekam wenig Schlaf, aber ich nahm mir die Zeit, mich um meine Katzenkinder zu kümmern. Immer aber im Kopf, „hoffentlich kann ich sie gut vermitteln".

Gypsy 2, so nannte ich sie vorläufig, ein kleines Mädchen, hatte von Geburt an das linke Auge trüb, das kam vom Katzenschnupfen. Sie kam aber immer gut damit zu Recht bis heute, ist im September 16 geworden.
Manchmal meinte ich, ich schaffe es nicht, aber auch wenn Kimmy und Lucy hin und wieder zu kurz kamen, was die Streicheleinheiten betraf,

wirklich vernachlässigt wurden sie
nie.

Gypsy 2

Aber allen gerecht zu werden, war
schon schwierig. Auf dem Hof starben noch einige von den größeren
Katzen, weil die Bauern eben zu wenig über die Kastrationen und Katzenkrankheiten wussten. Die Katzen-

seuche und Schnupfen waren dort wohl an der Tagesordnung. Mancher Nachbar erzählte, dass dort so manche Samtpfote gestorben wäre. Aber wie immer hatten diese Anwohner auch weggeschaut, sahen das Elend und hatten nichts unternommen. Nein, sie schwiegen alle, wollten ihre Ruhe, während viele Katzenwelpen dort fürchterlich verendet waren.

Wenigstens hatte ich ein wenig dazu beigetragen, dieses Elend zu verringern und bin dadurch katzenreicher geworden.

Und noch einmal möchte ich betonen, dass ich sämtliche Tierarztkosten alleine trug. Lediglich konnte ich beim Tierheim erreichen, dass die Kastrationen übernommen wurden.

Immer noch kannte ich keine Tierschutzvereine, von denen ich Hilfe bekam, aber das sollte sich später ändern!

Meine Aufgabe dort in den Ställen war noch nicht erfüllt, ein Geschwisterkatzenpaar, ca. ein halbes Jahr alt, sollte ich vermitteln mit dem Einverständnis des alten Bauern. Er war ja froh, wenn die Fellnasen weniger wurden, besonders aber seine energische Tochter, die nur am Wochenende nach den Eltern sah. Über eine Annonce gelang es mir auch, aber es kam doch anders.

Ein Pärchen, welches gerade in Bad Oeynhausen baute, wollten die beiden haben, holten sie auch ab, hatten keinen Tragekorb dabei. Ich gab noch ein Katzenklo, Futter und Streu mit und bekam eine aktuelle Handy-Nr. und auch Adresse. Am nächsten Tag brachte die junge Frau die Box zurück und sagte, sie hätte eine Woche Urlaub und könnte sich um die beiden gut kümmern, denkste!

Natürlich waren die beiden keine Schmusekatzen, sondern wild und kratzten schon mal. Die Eheleute glaubten, in zwei Tagen wären die Miezen zutraulich und zahm.

Sie hatten keine Geduld und am Telefon erklärte man mir, „die wären gar nicht lieb und so scheu".

Ich hatte da schon ein ungutes Gefühl und am nächsten Morgen fuhr ich bei Wind und Wetter dort hin und wollte sie besuchen. Die Terrassentür stand weit offen, ich schlich mich rein, hatte aber vorher geklingelt, niemand da. Ich suchte meine beiden Fellnasen im ganzen Haus, nichts, außer Katzenbrekkies im Napf und Wasser. Endlich im Keller, eine Metalltür, nicht verschlossen. Ich trat ein und da hockten beide in den Regalen, total verängstigt, fauchten und knurrten, als sie mich sahen. Es gab kein Fenster. Blitzschnell packte ich beide in das Katzenklo, Decke drüber und ins Auto. Wenn sie es so sehen, hatte ich sie geklaut und Hausfriedensbruch begangen. Natürlich rief ich die Besitzer an, teilte ihnen mit, dass ich die Tiere zum Tierarzt bringen würde und sie sich keine Hoffnung machen sollten, sie zurückzubekommen. Er wollte mich anzeigen, daraufhin erwiderte ich, dass ich ihn wegen Tierquälerei anzeigen müsste.

Mit diesen Worten beließ ich es und Charly und Mini, so hießen sie später, blieben vorerst bei mir.

Das ist wieder so typisch für manche Menschen, die sich ein Tier anschaffen, wollen, dass alles sofort vollkommen ist. Sie meinen, alles soll auf Anhieb klappen, aber das kleine Kätzchen, Hunde und andere Wesen Liebe, Zuwendung, Fürsorge, Hege und Pflege und eine liebevolle Erziehung brauchen, das vergessen sie!

Mini

So nun zu Charly und Mini, ich wollte
sie ein zweites Mal vermitteln, eine
Großfamilie mit Hund und mehreren
Katzen und Kindern hatten ein schönes Haus in Veltheim und allen Tieren ging es dort gut, nur meine beiden wollten da nicht bleiben, verkro-
chen sich und vermutlich war es
ihnen zu laut. Mini liebte den Keller
und als das neue Herrchen sie mal
nach oben locken wollte, biss sie im
ins Handgelenk und so war alles vor-

bei, beide landeten retour bei mir. Sind doch keine Kleidungsstücke, welche man bei Nichtgefallen einfach zurückgibt oder umtauscht.

Da die Welpen aus dem letzten Wurf inzwischen 12 Wochen alt waren, tauschten wir zwei kleine Jungs Tric und Trac gegen Mini und Charly aus. Nun stand für mich fest: Charly und Mini sollten bei mir bleiben.

Wollte keine Wanderpokale aus ihnen machen, dieses Hin und Her ist doch Mist!

Charly und Gypsy

Gypsy und Gerry

Mohni und Shanti

Charly

Es dauerte sehr sehr lange, ehe die beiden zutraulich wurden. Mini war mit Vorsicht zu genießen, oft kratzte sie und biss, Charly war pflegeleichter und fasste von Tag zu Tag mehr Vertrauen. Ist eben ein Kater, die sind sowieso schmusiger. Jetzt waren es doch mehr Katzen als ich zulassen wollte: Lucy, Kimmy, Robin, Charly, Mini und die zwei Welpen, die eventuell ein neues Zuhause bekämen? Aber niemand wollte sie und ins Tierheim, nein, das brachte ich nicht übers Herz. Wenn, dann sollte es gleich geschehen und nicht, wenn man seine Liebe, Pflege und Fürsorge eingesetzt hat.

Ich wollte die Zahl sechs nie überschreiten und mein Etat war total erschöpft, aber mein großes Herz für Katzen, wieder wurde ich schwach! War ja auch niemand da, der mich bremsen wollte.

Lucy, meine dreifarbige Katze aus Berlin mit dem schwarzen Fleck unterm Auge, fing an zu kränkeln, fraß nicht, hatte Gleichgewichtsstörungen. So besuchten wir des Öfteren die Tierklinik Stift Quernheim. Man stellte die Diagnose Fip, eine schlimme, böse Katzenkrankheit, fest. Obwohl Lucy nie Freigänger war, es hatte sie erwischt. Oft haben es schon die Katzenmütter und übertragen das Virus auf ihre Welpen. Eine Woche in der Tierklinik und es ging ihr nach einigen Infusionen und Mittelchen besser, aber das sollte nicht andauern. So suchte ich noch einen anderen Tierarzt auf, der eine spezielle Augendiagnostik machte, aber jede Hilfe kam zu spät. Die Krankheit war zu weit fortgeschritten und Lucy wurde nur zwölf. Ein schmerzlicher Abschied ,wieder einmal.

Meine beiden Welpen, den roten nannte ich Gerry, er schielte etwas, war sehr anhänglich wie ein kleiner Hund, schlich mir immer um die Beine und die dreifarbige Glückskatze mit dem linken trüben Auge, aber bildschön, hieß erneut Gypsy, es passte einfach zu ihr. Dreifarbige, schildplatt gezeichnete Katzen sind immer Weibchen, so ist die Natur. Beide erholten sich relativ schnell vom Katzenschnupfen, wuchsen heran, waren frech und verspielt, wohlgemerkt von Anfang an zutraulich. Charly bewies sich als großer, toller Bruder und passte auf seine Halbgeschwister auf, es war eine Idylle, sage ich Ihnen! Am Hof kehrte Ruhe ein. Einen großen Teil konnte ich auch vermitteln, sie bekamen Namen wie Tabby, Shanty, Mohni und Fiby.

Einige sind gestorben an irgendeinem Virus und das Muttertier Mauki zog sich eines Tages zurück, vermutlich zum Sterben, sie war ja sehr alt und auf einmal weg.

Kapitel 9

Neustart in Vlotho

Leider konnte ich das Häuschen mit der Pferdewiese nicht halten, die Kosten waren einfach zu hoch. Ich bekam einfach keine Festeinstellung, nur Praktikantenwochen oder Aushilfsangebote in Kliniken und Praxen. So zog ich 2004 nach Vlotho auf den Winterberg am Ende der Welt in eine kleine Souterrainwohnung von 60 m², aber auch großer Pferdewiese, riesigem Garten, den meine Fellnasen von der Terrasse aus erreichten. Auslauf ohne Ende für meine Vierbeiner. Drei Tiger hatte ich meinen Vermietern angegeben, die anderen wurden reingeschmuggelt. War auch nie aufgefallen, denn sie waren fast immer draußen, nur nachts nicht. Ab und zu machte ich wieder meine nächtlichen Runden, um sie einzusammeln. War nicht immer leicht, denn Charly und Mini schliefen des Öfteren im Pferdeunterstand und Mini hatte auch ihre Hütte mit Stroh auf der Terrasse, sie liebte die Freiheit.

Meinen anderen hatte ich meinen Schlafrhytmus angewöhnt, klappte ganz gut. Ich hatte ihnen nicht ganz die Freiheit genommen, tagsüber waren sie draußen und trieben sich rum. Zusätzlich verdiente ich einige Euros auf dem Flohmarkt. Ich verkaufte gebrauchte Kleidung von Freunden und Bekannten, auch Deko -Artikel und Geschirr. So wurden alle satt. In der Zeit von 2004 bis 2006 hatte ich mehrere kleine Op´s an den Gelenken, alle ambulant und ich konnte anschließend nach Hause. Humpelnd oder mit einer verbundenen Hand versorgte ich alle Samtpfoten trotzdem, für sie war ich der Dosenöffner. Es gibt ein passendes Sprichwort:

„Der Hund hat ein Herrchen, die Katze ihr Personal"

Wohl wahr!

Jeder Umzug kostete Geld und wenn nicht liebe, hilfsbereite Menschen ihre Hilfe anboten, hätte ich es nicht geschafft. Als Arzthelferin wollte mich niemand mehr, war zu alt, gerade 52, aber im Berufsleben zählten damals schon nicht die Erfahrung und Wissen, nein dynamisch und jung musste man sein. Traurig, zumal ich noch gerne in meinem Beruf arbeiten wollte.

Oft musste ich meine Katzen auch suchen, mal war Charly gegenüber beim Taubenzüchter und lauerte, ob nicht doch etwas vorbeiflatterte, er brachte aber nie eine Taube nach Hause. Es traf schon mal zu, dass er einen Vogel erwischte, dann klatschte ich in die Hände und die Amsel konnte entrinnen oder auch nicht.

Ich konnte nicht jede Maus retten, einmal war es auch ein Maulwurf oder Frosch, aber so ist die Natur.

In der Wildnis ist es an der Tagesordnung, dass Großwild andere Artgenossen jagen, einfach aus Hunger. Am schlimmsten waren und sind aber die Jäger, die Menschen, die meinen, Tiere einfach abzuknallen aus Gier, Macht oder Profit daraus schlagen. Der Mensch war und ist das größte Raubtier, meine Meinung!

Meine Cats waren nie die großen Jäger, bekamen gutes Futter und natürlich sollten sie hin und wieder auch eine Maus fangen.

Vlotho-Winterberg war sehr abgelegen und im Winter wollte mich keiner besuchen, weil es steil bergauf ging. Hatte selbst manchmal Probleme, heil ins Dorf zu kommen.

Meine Nachbarn waren Baptisten und hatten elf Kinder, wobei eine große Schar von ihnen auf meiner Terrasse lagerte. Es war laut und immer wollten sie mit den Katzen spielen, die aber nicht mit ihnen. Ich hatte nie meine Ruhe, ja nachts, wenn alles schlief. Erst recht nicht, als die Großfamilie sich vier Katzenwelpen anschuf. Das erste wurde gleich überfahren, weil niemand darauf achtete, die anderen drei mussten im Keller bleiben, sie waren noch so klein, viel zu früh von der Mutter weg. Wieder war meine Hilfe angesagt und ich vermittelte 2 Katzenmädchen an liebe Menschen. Sie hießen Mausi und Krümel. Der einzige Kater, **„Flitzi"**, blieb eine Weile bei ihnen, weil ein

Sohn sich rührend um den kleinen Kerl kümmerte. Er liebte seinen Kater, der trotzdem mehr bei mir als bei ihm war in dem dunklen Keller. Uns so kam es, wie es kommen musste, er sollte dort weg, war nicht kastriert, war unsauber. Ich fand ein schönes Zuhause für ihn im Höcker-Moor. Flitzi wurde vor paar Jahren leider überfahren.

Kapitel 10

Abschiede

Nach gut zwei Jahren hieß es wieder packen, weg aus Vlotho und zurück nach Bad Oeynhausen. Durch Freunde hatte ich Glück und bezog ein kleines Häuschen in Rehme. Die Miete war erschwinglich und ich kümmerte mich um die anderen Mieter, Garten und Treppenhaus-Pflege, dadurch wurden mir die Nebenkosten erlassen.

Es war ein altes Haus, aber mit einem Minigarten, der zu einer großen Wiese führte. Für meine sechs Stubentiger optimal, zumal sie vom Keller in den Garten und auf ein großes Feld konnten.

Der Umzug war mit vielen Tränen verbunden, weil kurz vor meinem Umzug im Oktober 2006 meine Mutter an einem Schlaganfall starb. So schnell konnte ich auch mit meinem Auto nicht nach Berlin, um rechtzeitig bei ihr zu sein. Es lagen fast 400 km zwischen Bad Oeynhausen und Berlin und trotzdem machte ich mir später Vorwürfe, weil ich mich nicht von ihr verabschieden konnte. Tränen, Trauer und Schmerz, diesmal um einen Menschen, dem ich mein Leben verdankte. Meine Mutter war eine großzügige, warmherzige Frau, dazu noch tierlieb. Vieles habe ich von ihr übernommen, leider auch ihre Wehwehchen, aber ganz bestimmt die große Liebe zu den Tieren.

Nun, mein neues Zuhause lockte auch viele Freunde und Bekannte zu mir. Das Haus war nicht schwer zu finden und auf keinem steilen Weg zu erreichen.

Das Schönste an diesem Häuschen war die kleine, schnuckelige Terrasse mit den Weintrauben. Mini liebte diese Umgebung, es war das richtige Domizil, zumal sie fast überall tolle Schlafplätze im Sommer fand. Bis auf einen Nachbarn waren alle sehr tierfreundlich, auch mit Hund oder Katze. Dieser besagte Nachbar ging sogar soweit, dass er Steine nach Robin schmiss über seinen Zaun, das ging gar nicht. Er und seine Frau waren verbissene, alte Menschen, wohnten selbst dort zur Miete und wuselten von morgens bis abends in ihrem Garten. Klar, dass da eine Katze unerwünscht war, die auch mal in der Erde buddelte.

Ich wehrte mich natürlich gegen seine Angriffe. Weiß bis heute nicht, warum Robby, mein Felixkater, so gerne durch seinen Garten strolchte. Meine anderen blieben auf der großen Wiese. Ich war sehr glücklich in diesem neuen Häuschen, meine „Raubtiere" auch. Trotz der Trauer um meine verstorbene Mutter, feierte ich viel und hatte endlich das Gefühl, angekommen zu sein.

Dort machte ich auch meine ersten Erfahrungen mit den Tierschützern und Vereinen. Ich bekam Futterspenden und konnte auch mal kostenfrei den Tierarzt aufsuchen, bei dem ich Mengenrabatt bekam.

Ich wurde natürlich angesprochen: „machen Sie Tierschutz? fahren Sie mal da und dort hin! So räumte ich am Werrapark im Industriegebiet auf, denn dort streunten etliche Katzen umher, natürlich nicht kastriert und ohne Besitzer. Eine ältere Dame hatte sie wohl gefüttert, kam aber nicht mehr, nun war ich an der Reihe. Es verging einige Zeit und der Winter nahte, so besprach ich mit den Tierheimen meine Aktion, sie einzufangen, um sie zu kastrieren. Fünf von ihnen blieben im Franziskushof. Vorher waren sie bei mir zur Quarantäne in einem kleinen Zimmer, getrennt von den meinen, etwa vier Wochen lang. Eine alte Katzendame, hübsch getigert, schaffte es nicht, sie war sehr krank und so ließ ich sie schweren Herzens beim Tierarzt, der sie erlöste. Einer der Kandidaten, ein schwarzer Kater mit einem kleinen, weißen Fleck am Hals, sollte nach vier Wochen ins Tierheim, aber er schleimte sich so bei mir ein und dann blieb er. Sein Name ist Pauli und ist heute 11 Jahre alt, ein Kater, der so neben her lief, sehr pflegeleicht.

Sehr lieb, auch total sozial und Robin und er wurden beste Freunde. Ein Herz und eine Seele, wenn man die beiden sah. Pauli ließ sich nie auf den Arm nehmen und auch heute lässt er Nähe immer auf Distanz zu, streicheln ja. Wer weiß, was er früher erlebt hatte. Sowie er die Box sah, um zum Tierarzt zu fahren oder ein Umzug stand bevor, machte er vor lauter Angst sein Geschäft in den Tragekorb.

Pauli

Ich wohnte jetzt fast ein Jahr in Rehme und es war das Jahr 2007, ein nicht sehr schönes Jahr.

Die Hochzeit meiner Nichte Annabell stand unter keinem guten Stern, denn mein ältester Bruder war ernsthaft an Krebs erkrankt und starb vier Wochen nach diesem Ereignis. Er wurde nur 56 Jahre alt. Ein schlimmer Verlust für seine Familie und für mich.

Einen Tag nach seinem Tod verlor ich meinen roten Schielekater Gerry. Er wollte die Treppe vom Schlafzimmer runter ins Wohnzimmer, schaffte das nicht und rollte die Stufen hinab. Er hatte eine Embolie bekommen und schrie fürchterlich vor Schmerzen, er kam nicht mehr hoch. Ich düste sofort zum Notdienst, dort fiel das Röntgengerät aus, er bekam eine Schmerzspritze und ich fuhr in der Nacht mit ihm wieder nach Hause. Es waren fürchterliche fünf Stunden, dann war sein kurzes Leben beendet mit vier Jahren. Wie viel ich in dieser Zeit weinte, um meinen Bruder und Kater trauerte, ich weiß es nicht, unendlich viele Monate. Ich hatte noch nicht einmal den Tod meiner Mutter

Gerry

verarbeitet. Auch eine Psychothera-
pie, auf die ich ein Jahr warten musste, brachte keinen Erfolg, leider!

Kapitel 11

Trauer und neue Aufgaben

Das Schicksal ist schon manchmal grausam und immer wieder musste ich mich aufraffen, motivieren, meinen Arbeitstrott, Haushalt, Garten und Tiere zu bewältigen. Sport half mir sehr oft, um den Kopf frei zu bekommen. Ich sag Ihnen mal was: meine Samtpfoten, so wie sie alle da waren, gaben mir die Kraft, weiterzumachen. Besonders Robin, er spürte, wenn es mir nicht gut ging und ich traurig war, er kam zu mir und tröstete mich. Gerrys Schwester Gypsy verließ vier Wochen nicht die Wohnung, ging nicht zur Wiese oder in den Garten. Sie trauerte um ihren kleinen Bruder, waren sie doch unzertrennlich gewesen. Gerry hinterließ eine riesengroße Lücke!

Die Trauerarbeit begann. In der Öffentlichkeit gab ich mich sehr gelassen und gefasst, aber abends, wenn ich allein war, „ein heulendes Elend". Es rollten viele Tränen, auch, wenn es im Fernsehen einen traurigen Film gab mit Szenen, wo Tiere gequält wurden oder starben. Das konnte und kann ich bis heute nicht haben, schalte dann einfach um.

Vielleicht fragen Sie sich, warum ich nie über meine Beziehungen spreche oder meiner" großen Liebe". Bewusst klammere ich das aus, vieles war schön und abenteuerlich, aber zu viele Enttäuschungen mit den männlichen Geschöpfen machten mich auch zum Einzelgänger in der Liebe. Auch weil ich mich vor vielen Jahren dadurch verschuldet hatte, ein zweites Mal würde mir das nicht passieren.

So, nun zurück zu meinem Domizil und meinen Tieren. Auf meiner Terrasse reifte der Wein und alles blühte und war wunderschön, anzuschauen, es war noch September und nicht wirklich Herbst. In dem großen Feld nebenan hockten meine Stubentiger, ein Bild für Götter, auf der Lauer nach Mäusen. Jedes Rascheln, Geräusch, wurde wahrgenommen. Unendliche Geduld vor den Mäuselöchern, bis sich endlich mal was bewegte. Jedes Mal, wenn Charly, mein großer, rotweißer Kater durch den Keller nach Hause, kam, maunzte er, *„bin jetzt da"*. Es war nicht zu überhören. Selbst heute mit seinen 16 Jahren behält er dieses Ritual bei, nur nicht durch den Keller, sondern von Stube zu Stube. Manchmal geht es einem auf den Geist, aber abgewöhnen in diesem Alter?

Oft bekam ich Anfragen, Möchtest du oder Sie noch einen Kater X und Katze Y? Aber wenn, dann nahm ich sie nur kurzfristig auf und versuchte wieder, unermüdlich zu vermitteln. Es gelang ja auch hin und wieder!

Inzwischen war Robin, mein entwurmter Kater, vier Jahre alt und er benahm sich wirklich wie ein Freund fürs Leben, wenn eine neue Mieze dazu kam. Er war sehr sozial und liebte alle seine Geschwister und neuen Fellnasen. Aber oft trieb er sich gerne herum und wenn ich nachts meine Runden drehte, saß er in der Wiese, Straßen weiter, ich kannte seine Orte und dann nahm ich ihn auf den Arm und trug ihn nach Hause, was er nicht so gern mochte. Morgen war auch noch ein Tag und dann konnte er wieder fangen und jagen oder umgekehrt.

Mit Mini verband ihn eine innige Liebe, sie liebte ihn auch sehr und manchmal, wenn ihr danach war, kam sie mit ihm nach Hause. Nur wollte sie nie eingesperrt sein und in diesem Haus hatte sie den Heizungskeller und auf der Terrasse ihre Hütte mit Stroh. Es gab auch Nächte, wo ich vergeblich auf Robby und Charly wartete, sie kamen nicht nach Hause, war zu warm und viel abenteuerlicher draußen. Erst in den frühen Morgenstunden miaute es aus dem Keller. Erleichtert ließ ich sie rein und legte mich nochmals zum Schlafen einige Stunden hin. Auch das sind die Erlebnisse einer Katzenmutter.

Manche Nachbarn dachten bestimmt, ich hätte sie nicht mehr alle, wenn ich nachts meine Runden machte und die Namen meiner Fellnasen rief, aber das war mir egal.

Nebenan gab es hundeliebe Nachbarn und auch eine Katze. Natürlich besuchten mich auch fremde Katzen aus den angrenzenden Häusern oder Nebenstraßen. Inzwischen war ich 55 Jahre alt und bekam Rheuma. Dennoch ließ ich mich nicht unterkriegen, machte meinen Sport, bewegte mich im Garten, sägte Holz für den Kamin und lief nachts meine Katzenrunden. Ich hatte Glück mit den Tierarztbesuchen, bis auf ein paar Schrammen und regelmäßigen Impfungen blieben mir größere Kosten erspart.

Durch die Bekanntschaft mit dem Tierschutz bot ich an, kranke Katzen vorübergehend aufzunehmen, zu pflegen und eventuell zu vermitteln. Ich bekam jetzt Futterspenden und manchmal wurden die Tierarztkosten vom Verein übernommen. So suchten zwei wunderschöne, rote Geschöpfe, die im Garten einer alten Dame hausten, ein Zuhause. Sie bekamen wohl Futter, durften mal höchstens in den Wintergarten. Die beiden waren sehr krank, total erkältet, der so genannte Katzenschnupfen. Er, circa 1 Jahr alt und das Weibchen, vielleicht 5 Monate, sahen fürchterlich aus. Mehrere Geschwister und eventuelle Nachkommen wurden überfahren oder starben an einer Krankheit. Die ältere Frau meinte es sicher gut, war aber selbst krank, ihr Mann auch und somit überfordert und viel zu spät hatte sie den Tierschutz aufgesucht. Ich brachte die beiden zum Tierarzt und pflegte sie gesund. Von Anfang an waren die beiden unzertrennlich, man wusste nicht, ob Bruder und Schwester oder Vater und Tochter? Er hieß Timo und für sie hatte ich erst keinen Namen, heute heißt sie Möbbel, weil sie zu rund ist. Bewusst schreibe

Möbbel

ich sie mit *2 b*. Damals triefte sie aus Nase und Ohren und war ein Häufchen Elend. Nachdem es den beiden gut ging und sie kastriert wurden, sollten sie in ein neues Heim ziehen. Ich hatte schon 5 eigene und wollte nicht mehr!! Wir schrieben das Jahr 2009 und über ein schwarzes Brett im Krankenhaus, mit Foto der beiden, zogen sie zu einem jungen Pärchen nach Spenge. Zunächst lief alles gut und sie waren auch ganz lieb zu ihnen. Ich half mit Futterspenden und besuchte sie regelmäßig, bot auch meine Hilfe an. Durch den Keller kam man zu einem kleinen Garten, wo Timo oft weilte, nur die kleine nicht, sie versteckte sich meist unterm Küchenschrank oder Bett.

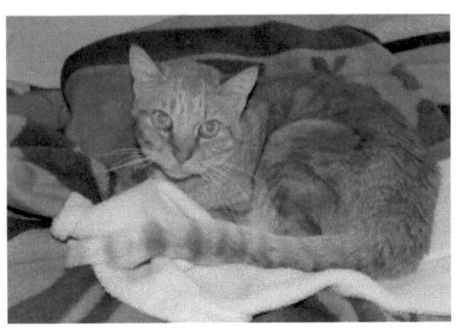

Timo

Nun ja, meine Freude, die beide in
liebevolle Hände zu sehen, war von
kurzer Dauer. Das Pärchen trennte
sich nach einigen Wochen, obwohl
sie erst zusammengezogen waren. Für
meine beiden Tiger nicht gut, denn
nun begann ein Wirrwarr und Chaos.
Der junge Mann schwelgte in seinem
Liebeskummer, weil sie ihn verlassen
hatte und ertränkte ihn mit Alkohol.
Gar nicht gut, denn Timo und Möbbel bekamen zwar ihr Futter, aber
keine Zuwendung und Pflege mehr.

Da mich wieder einmal ein ungutes Gefühl ersuchte, holte ich die zwei da raus aus dem Gestank, Bierflaschen und Katzendreck.

Alles zum Scheitern verurteilt und ich hatte wieder einmal die A-Karte gezogen.

Jetzt waren es sieben, eine tolle Zahl! Aber ich wollte sie nicht ins Tierheim bringen, dieses Hin und Her ist eine Strafe für sensible Stubentiger, das ginge gar nicht. Sie blieben bei mir. Niemand in meinem Umfeld oder Freundeskreis wollte sie, hatten schon einen Hund oder Katze. Manchmal meinte ich wirklich, ich wäre die einzigste Katzenfanatikerin.

In diesem Häuschen durfte ich ganze fünf Jahre leben, dann bekam ich die Kündigung wegen Eigenbedarf. Ich, mit sieben Samtpfoten umziehen, wohin, woher Geld nehmen und nicht stehlen? Eine Katastrophe erstmal. Wieder suchen, gucken, rechnen. Es musste was mit Wiese oder großem Garten sein und tierfreundlichen Vermietern. Ich hatte eine Frist von einem halben Jahr, es gab mit dem Vermieter ein Zerwürfnis. Er lebte im Ausland und die Tiere waren nie das Problem für ihn, aber er brauchte das Geld. Deshalb gab er Eigenbedarf an, wollte aber verkaufen. Er drängte mich immer wieder, schnell auszuziehen und so kam das nächste Unheil.

In der Tageszeitung stand ein Haus ganz in der Nähe zur Miete, jedoch mit riesigem Areal. Dies bedeutete Rasenmähen ohne Ende. Es gab keine Heizung, nur einen Kamin. Das wiederum zwang mich, zum Holzsägen. Aber ich sagte dem neuen Vermieterpaar zu, sie kamen aus Polen und mit dem Deutsch war das so eine Sache. Bedingung war, ich sollte das Mobiliar, wie Küche, Wohnzimmer, Schlafzimmer und den Kamin übernehmen.

Gespräche mit meiner Bank und irgendwie kriegte ich das auch diesmal hin und zog im Mai 2011 dort ein mit meinen sieben Fellnasen, die ich nicht alle angab.

Ich erwähnte schon einige Male und betonte auch mehrmals, dass ich für den Tierschutz arbeitete. So durfte ich ein großes Gehege bauen. Im Nachhinein musste ich dazu sagen, die beiden Eheleute hatten mich wohl nicht richtig verstanden und deren Deutsch ließ zu wünschen übrig. Das Gehege war fast 150m² groß, dort hatten die Tiger Baumstämme, Wiese und konnten über eine Katzenluke raus und rein.

Schon am ersten Tag haute Mini ab und zwar den Holzpfeiler zum Katzendach hoch mit dem Kopf durch und draußen war sie. Freiheit gewohnt, sie blieb immer in der Nähe, lief nie weg, kam morgens und abends zum Fressen. Ich stellte ihre Hütte auf und es gab noch einen Schuppen hinterm Haus, wo eine Gartenliege mit kuscheliger Decke stand. Auch vor dem Haus, wo der Schornstein war, standen Partytische, darunter mein Kaminholz und eine Kiste mit Styropor und Stroh für Mini. Sie hatte quasi drei Schlafplätze. Sie liebte es, im Schnee zu spielen, hüpfte wie ein Hase. Ganz selten, dass sie krank wurde. Da ich am Katzennetz gespart hatte, bekam ich jetzt die Quittung, ständig musste ich das Dach reparieren und erneuern.

Der Vermieter hatte beim Einzug gewusst, dass ich ehrenamtlichen Tierschutz betrieb, hatte wohl nie richtig zugehört. Für das Mobiliar blätterte ich 3000€ hin, musste mich wieder verschulden. Ein Haufen Geld, was ich natürlich abzahlen musste. Aber es passte ihm nicht, dass ich das Haus nicht mietkaufen wollte. Im Nachhinein gut, denn ich hörte viel Unangenehmes über ihn und schon nach einem halben Jahr bekam ich die Kündigung wegen Eigenbedarf, toll, nicht? Ich war entsetzt und traurig zugleich. Obwohl das Haus keine Heizung hatte, nur einen Kamin und kleinen Nachtspeicherofen, hätte ich es noch eine Weile ausgehalten, trotz der vielen Gartenarbeit und Holzsägen. Und wo sollte ich jetzt auch wieder hin? Kein Geld mehr, keine starken Nerven mehr und total erschöpft von der schweren Arbeit wie Holzsägen, Rasenmähen und Heben. Also ging ich zum Anwalt und machte mich schlau. Ich war im Rechtsschutz und es begann ein langer Kampf und Schriftwechsel. Der Vermieter schikanierte mich, wo er nur konnte, obwohl ich pünktlich meine Miete zahlte. Er stritt auch mit den anderen Nachbarn, dafür war er bekannt. Inzwischen erfuhr ich auch von meinem Vorvermieter, dass dieser keinen Eigenbedarf angemeldet hatte, wieder vermietet hatte. Eigentlich wollte er verkaufen, aber das gelang ihm nicht.

Immer musste ich erneut die Erfahrung machen, dass Menschen raffgierig, herzlos, geldgeil und egoistisch sind und irgendwann sieht man nicht mehr das Gute im Menschen.

Natürlich sind nicht alle so, hatte viele liebe Gefährten, Nachbarn und Freunde kennen gelernt, die mir auch halfen. Durch meine Gutmütigkeit wurde ich oft auch ausgenutzt und betrogen. Umziehen, Neuanfänge, die ich so nicht geplant hatte.

So landete ich im September 2009 bei der Diakonie als Alltagsbegleitung für Demenzerkrankte. Ich machte eine Weiterbildung und fuhr zu den Patienten nach Hause oder ins Altenheim, wo ich ehrenamtlich aktiv war und noch heute bin und zwar bei der Parisozial. Ich ging mit den Leutchen spazieren, las ihnen vor, sang und spielte mit ihnen „Mühle" oder „Mensch ärgere dich nicht". Ein Alleinunterhalter mit einer Aufwandsentschädigung. Regelmäßig fuhr ich am Sonntag auf den Flohmarkt und verkaufte gebrauchte Kleidung, Dekosachen, Geschirr, Porzellan und vieles anderes mehr. Alles, was Freunde nicht mehr wollten, brauchten oder wegwerfen wollten, nahm ich gern. Auch Nachbarn brachten mir oft schöne, brauchbare Dinge und so blieben immer einige Euros für meine Tiere und mich übrig und ich kam über die Runden.

Effy

So, nun wieder zu meinem Kaminhaus und polnischen Vermietern. Er versuchte weiterhin, mir das Leben schwer zu machen. Unangemeldet fuhr er auf das Gelände, immer mit neuen Forderungen und Schikanen. Es ging an die Substanz.

Inzwischen feierte ich meinen 60 zigsten Geburtstag in meiner Heimat Berlin, aber innerlich sehr angespannt wegen diesem Heini.

Auch in diesem Haus war Tierschutz angesagt. Ich rettete einen beigegoldenen Perserkater namens Effy. Er war so abgemagert und konnte nicht mehr fressen, weil sein Mäulchen total entzündet war. Niemand scherte sich darum, dort, wo er weilte. Nach einem Besuch beim Tierarzt mit einem sauberen Bad, er war voller Ungeziefer, nahm ich ihn mit nach Hause. Es war November und ich stellte ihm ein Körbchen neben den Kamin, wo es warm war. Er genoss die Wärme und mit Rinderhack und Frischkäse fütterte ich ihn und pflegte ihn gesund.

Nach einem halben Jahr wurde er kastriert und ich fuhr ihn zu einer Freundin nach Rostock. Effy und

Colleen leben heute inzwischen in Hamburg und es geht ihm saugut.

Kapitel 12

Kimberly und Timo

Kimmy, meine getigerte Fellnase, war jetzt 14 und hatte rapide abgenommen. Obwohl ich mit ihr regelmäßig beim Tierarzt war. Sie fraß wie ein Scheunendrescher, wurde trotzdem immer weniger. Man konnte keine eindeutige Diagnose feststellen. Sogar einen Tag vor ihrem Tod, es war Februar 2012, bekam sie eine Infusion. Sie starb an einem Sonntag, ich wollte zum Flohmarkt, morgens ganz früh, in meinem Arm. Ich vermutete, dass ein Geschwür geplatzt war, es war im Kot alles voll Blut. Ich verstehe manche Tierärzte nicht!

Dieser Sonntag war schlimm. Ich fuhr mit ihr nach Vlotho, wo sie bei einer Bekannten ein schönes Grab bekam, Gott sei Dank war kein Frost. Ich hatte sie über 13 Jahre und sie fehlte mir sehr, meine Kimberly! So richtig Zeit zum Traurigsein hatte ich nie, da nun Timo, mein roter Kater, sehr krank wurde. Er hatte Aids. Erst einmal ein Schock. Er fraß kaum noch, übergab sich ständig, hatte Fieber und einen entzündeten Rachen. Zum Tierarzt, Antibiotikum, Fiebermittel und wieder fütterte ich ihn mit Frischkäse und gutem Futter in breiiger Form, das konnte er gut schlucken. Aber ständig dieses Hammermittel im Körper, der eh schon kraftlos war, trotzdem keine Verbesserung.

So erfuhr ich von einer kompetenten Tierheilpraktikerin in Spenge, die meinem Timo auch half mit Globuli und Medizin aus der Natur.

Da gibt es so viele Alternativen. Schade, dass Tierärzte da oft anderer Meinung sind. Timo erholte sich wieder, fraß gut und war ein wacher, munterer Kater. Weshalb sollte er nicht noch Spaß am Leben haben? Andere Menschen hätten ihn bestimmt einschläfern lassen, ich aber nicht.

Er war friedlich, raufte nie und biss sich nicht mit meinen Katzen, so konnte er auch niemanden anstecken, da hatte ich auch nie die Sorge. Und er war im Katzengehege, kein Freigänger, so vernünftig war ich schon.

Kapitel 13

Neue Wege, wieder Abschied

Nach fast 2 Jahren Streit und Verlusten zog ich nach Porta Westfalica Lerbeck, wo ich nie hin wollte, in ein Dorf. Ich mietete eine Doppelhaushälfte, mit großem Grundstück und Garten. Das alte Gehege wurde wieder aufgebaut. Die Straße war sehr gefährlich, rings um mich nur Hundegebell, was niemanden störte. Aber eine alleinstehende Frau mit vielen Katzen, die wollte dort niemand. Ich erledigte meine Gartenarbeit, machte nie Krach oder spielte laute Musik. Meine Miete kam pünktlich, aber trotzdem gab es von Anfang an Stress und Ärger mit dem Katzengehege, obwohl es im Vertrag besiegelt wurde. Sie machten Theater, damit meinte ich meine Vermieter und Nachbarn. Meine Katzen streunten in keinem Garten, verscharrten keine Hau-

107

fen bei „Frau Schmidt" oder jagten einen Vogel. Schrecklich, dieses Hausfrauengewäsch und Getratsche, was man bis auf meine Terrasse hören konnte, weil sie so laut waren. Ich vernahm Lästern, Verleumdung und Boshaftigkeiten. War eine allein stehende, tierliebe Frau, ein Dorn in ihren Augen. Vielleicht hatten sie auch Angst um ihre Pantoffelhelden und Duckmäuser, die ich aber um keinen Preis haben wollte.

In Lerbeck besuchte mich auch die Katze einer Tierfreundin, „Sammy". Sie blieb 14 Tage, war eine Freigängerin und der Einzelgänger, aber meine gingen ihr aus dem Weg und es gefiel ihr dann doch ganz gut. Sie ist erst vor einem Jahr gestorben, wurde 18. Und noch ein Besucher mit Samtpfoten kam des Öfteren: Nicky, ein roter Kater, sehr wachsam und rege und das Schöne war und ist es noch, Pauli, mein schwarzer und Nicky verstehen sich super, spielten viel, jagten und versteckten sich und das hielt bis

heute an. Kaum umgezogen und soweit mit allem fertig, auch mit den
Nerven, ereilte mich ein neuer
Schicksalsschlag. Das gebrauchte Gehege bestand aus Kaninchenzaun und
einem Dach aus Katzenspannetz.
Leider hatten meine Helfer etwas ge-
pfuscht, musste alles schnell gehen
und so waren etliche Macken im
Zaun. Einige Heringe im Sand zum
Befestigen fehlten oder waren locker,
aber auch Löcher, die man
so nicht sah. Mini wollte nie eingesperrt sein und so suchte sie sich im
Oktober 2013 einen Ausschlupf, wo
sie abhauen konnte. Sie kam nochmals rein, dann noch in die Nähe
zum Fressen. Dieses eine Loch wurde
ihr zum Verhängnis und kurz darauf
lag sie einen Samstag neben dem
Bürgersteig gegenüber vom Haus-
überfahren! Wieder ein Raser, der
mehr als 50km/h fuhr. Ein glückli-
ches Katzenleben war erloschen, so
schnelllebig wie Mini war, so schnell
ließ sie doch ihr Leben. Ein Trost, sie

genoss 12 schöne Jahre bei mir in Freiheit und doch viel Liebe beiderseits.

Kapitel 14

Lerbeck – das Dorf

Was soll ich mich wiederholen, natürlich war ich traurig, aber in der Nacht, als Mini schon begraben war, erschien sie mir im Traum in einem Katzenparadies und sprach sogar mit mir: „es geht mir gut". Sie war umgeben von vielen anderen Katzen, also gibt es sie doch, die Regenbogenbrücke.

Wenn ich glaubte, ich könne hier in Frieden mit meinen Stubentigern leben, hatte ich mich gewaltig getäuscht.

Ständig war im Keller und Heizungsraum Wasser, Fäkalien schwammen herum, Rohre waren undicht. Ich hatte einen viel zu hohen Wasserverbrauch, aber man brummte mir alles in den Nebenkosten auf, obwohl die Wasseruhren alt und abgelaufen waren. Auch als der Mieterbund um korrekte Abrechnung bat, bekam ich sie nicht und es wurde immer wieder rumgenörgelt, die Tiere müssen reduziert werden. Im Mietvertrag war wohl das Gehege eingetragen, aber nicht die Anzahl der Katzen. Meine Nerven lagen blank und schon wieder musste ich mich verteidigen und rechtfertigen, sollte keine fremden Katzen versorgen. Natürlich gab es dort auch Streuner und obdachlose Katzen. Doch durch mein Füttern konnte ich auch einige wieder unterbringen oder ins Tierheim bringen, natürlich auch kastrieren lassen. Ich fand ein schönes Zuhause für sie. Katzen spüren, wenn Menschen es gut mit ihnen meinen. Dort in Lerbeck habe ich bestimmt 20 Tiere eingefangen. Allein in der Nachbarschaft gab es einen Haushalt mit mindestens 14 Katzenwelpen und kein Muttertier kastriert. Ich griff dort ein, natürlich mit Rücksprache des Tierheimes und Tierschutzvereins. Die kleinen Samtpfoten kamen in Pflegefamilien oder ins Tierheim und die Katzenmütter setzte ich, kastriert, wieder bei der Besitzerin aus. Innerhalb einer Woche war dort erst einmal Ruhe.

Natürlich gab es auch ein oder zwei Familien, die Katzen mochten und selbst welche hatten, da bekam ich auch immer Hilfe und Zuspruch.

Zurück zu Timo, meinem an Aids erkrankten Kater. Immer öfters bekam er Schübe und dann hieß es, Medizin, auch Antibiotikum und Frischkäse. Meist erholte er sich auch wieder, hatte neue Kraft und Energie. Ohne eine große Portion Liebe und Fürsorge wäre er schon längst gestorben. Es gab zeitweise eine Verbesserung der Krankheit, aber heilen, das war leider nicht möglich.

Meine Tierheilpraktikerin schaffte es oft, Timo zu stabilisieren und es ging ihm lange gut. Er fraß genug und bekam auch das, was er wollte, zumal er nicht übergewichtig war.

Nach der Diagnose hatte er immerhin 6 gute Jahre, die er bei mir und seinen Artgenossen lebte. Sein Hauptmerkmal war, wachsam sein. Sowie er eine fremde Katze am Gehege schleichen sah, rannte er aufgeregt hin und her und war wachsam. Jeden Tag wartete er unten im Hausflur auf seiner Decke auf mich, begrüßte mich freudig in der Erwartung, es gab ja Fressen, Frauchen war da. Timo war schon ein besonderer Kater, eigenwillig, aber auch verschmust und anhänglich und die roten sind auch eigenständiger, meine Erfahrungen, die ich gemacht hatte. Und wie sooft schlich eine kleine Kreatur von Katze, sehr zart und vorsichtig um mein Haus. Nachbarn kamen und wollten wissen, wo sie hingehörte, sie wäre ihnen zugelaufen. Natürlich gehörte sie nicht zu mir, sie wollten sie schon versorgen, durfte aber nicht ins Haus, die Tochter hatte Asthma.

Mia, so haben wir sie genannt, blieb aber dort nicht gern, es war die nächste Nebenstrasse. Sie hockte vor meiner Tür, bettelte um Futter und natürlich machte ich mir auch Sorgen, wo sie wohl schlafen könnte. Ein Schuppen im Garten, wo meine Geräte standen und Gartenstühle, der war zunächst optimal. Dort machte sie es sich bequem in der kalten Zeit. Aber meine Vermieter kriegten das raus und verboten mir, diese Katze zu versorgen. Sie hatte eine Tätowierung im Ohr, aber der Tierarzt konnte nicht herausfinden, wohin sie gehörte. Auch Plakate im Supermarkt und an der Laterne brachten nichts. Mia wollte bei mir bleiben. Damals ahnte ich noch nicht, dass es nur für kurze Zeit wäre. Ich fand eine Regelung, sie konnte im Keller bleiben, da war ein Fenster und sie konnte raus und rein, wie sie mochte. Der Keller war warm und sie machte es sich dort auf einem weichen Platz gemütlich. Nachts ließ ich sie jedoch drin. Ein kleiner Ausreißer kriegte das mit, sah das offene Fenster und schwupp fraß er Mias Futter auf. Es war ein wunderschöner Maine Coon Kater, jung und hungrig. Ich konnte ihn nicht auch noch behalten und so brachte ich ihn ins Tierheim Minden. Dort entdeckte man, dass sämtliche Krallen gezogen waren, diese Barbaren, wer macht denn so was? Er bekam den tollen Namen *„Amadeus"* und nach kurzer Quarantäne konnte man ihn vermitteln.

Kapitel 15

Das Jahr 2016

Nun schrieben wir das Jahr 2016 und es war klar, ich sollte erneut umziehen, weil die Lage sich zuspitzte. Meine Vermieter waren absolut nicht tierfreundlich und erfanden neue Anlässe, mich loszuwerden.

Falsche Abrechnungen, sie wollten die Miete erhöhen, aber ich wehrte mich über den Mieterbund. Schon etwas Routine bei der Suche hatte ich wohl, aber einfach war es dennoch nicht.

Dann kamen diese schrecklichen und aufregenden Monate.

Gleich im Januar musste ich mich schweren Herzens von meinem Robin, dem Felixkater verabschieden. Er war jetzt 13 und an einem kalten Montagmorgen schrie er fürchterlich, wovon ich wach wurde. Er lag mit Timo unten im Korridor auf der Decke, doch er kam nicht mehr hoch und hatte höllische Schmerzen.

Nur schnell die Zähne geputzt und Katzenwäsche, fuhr ich viel zu schnell zum Tierarzt, der eine schlimme Diagnose stellte nach einem Röntgenbild. Ein Thrombus in den Hinterläufen. Eine Operation würde nur kurzfristig Erfolg bringen, dann erneut wieder Schmerzen. Beim Menschen ist es etwas anders, da kann man operieren. Mein Lieblingskater, ich musste ihn gehen lassen.

Es war ganz, ganz schlimm und trotzdem schaffte ich es, nachmittags zu arbeiten. Ich habe ihn mit nach Hause genommen und er lag so friedlich in seiner Box. Seine Brüder und

Schwestern, seine Kumpels, sollten sich von ihm verabschieden. Sie schnupperten auch und gingen fort. Am traurigsten war Pauli, der schwarze, Robin und er waren unzertrennliche Freunde gewesen.
Tiere trauern auch, das ist wahr!
Sie hielt auch lange an, diese Traurigkeit, noch heute, im Jahr 2019, vermisst Pauli seinen Kumpel Robin. Oft läuft er ins Gehege und ruft und miaut lautstark.
Immer im Hinterkopf die Worte meiner Vermieter, „ich solle meine Katzen reduzieren auf die Zahl 4", als ob sie es mir gewünscht hätten.
Es wurde Frühjahr und Timo kränkelte ganz oft. Seine Schübe hatten immer kürzere Abstände und im April 2016 war es ganz schlimm. Ich plante ein Klassentreffen in Berlin und dabei wollte ich meinen kranken Vater besuchen. Er war jetzt 85 und lebte in seiner Wohnung in Zehlendorf, ein Pflegedienst und mein mittlerer Bruder kümmerten sich um ihn.

Ich ahnte wohl schon da, dass er nicht mehr viel Zeit hatte. Ich wollte unbedingt nach Berlin und als ob mein Timo es spürte, er riss sich zusammen die 3 Tage, wo ich fort war. Eine liebe Nachbarin und Tierfreundin versorgten meine Miezen.

Ich fuhr dann, in Gedanken immer bei meinem roten Tiger, dem es so gar nicht gut ging. Und die Woche darauf war es dann soweit, er konnte nicht mehr. Ich wechselte den Tierarzt, ließ noch mehrere teure Untersuchungen machen, Labor, Ultraschall. Er bekam Infusionen, denn er wurde immer weniger, sah kaum noch, hatte neurologische Ausfälle. Zwei Tage dort beim Tierarzt und nun kam der Anruf, ich sollte schnell kommen. Man ist dann so hilflos und muss zusehen, wie ein geliebtes Wesen von einem geht. Es gab die erlösende Spritze. Er starb in meinem Arm, ein neuer Ehrenbürger für die Regenbogenbrücke!

Um ein paar hundert Euro leichter
und einem Häufchen Kater fuhr ich
nach Hause und wiederholte das gleiche Ritual wie bei Robby. Ich stellte
den Tragekorb in die Mitte des
Wohnzimmers und meine Fellnasen
rochen und schnüffelten kurz und
schlichen wieder davon. So verab-
schiedeten sie sich von ihrem Gefährten. Mia war draußen. Es ging mir
immer um das Wohl der Tiere und so
viele Menschen verstehen so wenig
davon, es reicht nicht nur ein Futter-
platz, nein es fallen Kosten für den
Tierarzt, Hege und Pflege an, allein
die Zeit, die man sich nehmen muss
und haben sollte und *„last but not*

least", die unermüdliche Liebe zu seinem Tier (ren). Trotzdem es mir selbst nicht immer gut ging durch die Verluste der Vierbeiner, eines stand für mich fest*: „Weitermachen".* Wieder sich um herrenlose, fremde Katzen sorgen und versorgen.

Lerbeck, das Dorf ohnehin, nur weg von hier, aber wohin. Drei Jahre war ich dort unglücklich wegen der Boshaftigkeiten, Intrigen und Verletzungen.

Eine Woche nach Timos Tod musste ich mich auch von der kleinen Mia trennen, die mittlerweile 2 Jahre bei mir wohnte. Es wurde ein bösartiges Lymphom bei ihr festgestellt. Ganz rapide schnell verschlechterte sich ihr Zustand und unter dem Sauerstoffzelt beim Doc starb sie ganz heimlich ohne mich, aber wohl friedlich. Ich wusste ja so wenig von ihr, woher sie kam, wie alt sie war und vielleicht schon krank. Ein schwacher Trost, sie hat die Zeit bei mir genossen. Wieder eine Katzenseele, die wandert.

Mein Leben mit den Samtpfoten
Teil 2

Kapitel 1

Zurück nach Bad Oeynhausen

Jetzt, wo drei meiner Stubentiger nicht mehr da waren, wusste ich, zurück nach Bad Oeynhausen. Nun war es nicht mehr ganz so schwierig mit 4 Katzen, umzuziehen. Es wäre viel viel sparsamer für mich, denn alle meine Patienten wohnten dort in Wöhren, Eidinghausen, Werste usw. So gab ich einfach eine Anzeige auf, Single, allein lebend, sucht eine Erdgeschoßwohnung mit Garten, wo auch meine Samtpfoten erwünscht sind. Sie erschien Anfang Juni 2016 und noch am gleichen Tag bekam ich die Zusage für eine Wohnung in Eidinghausen. 80m", sehr zentral, 2 Terrassen mit Garten und auch bezahlbar. Man erlaubte mir, ein Katzengehege von der Küchenterrasse aus, zu bauen. Wurde im Mietvertrag verankert. So kündigte ich zum 30.08.16, musste jedoch bis Ende September die volle Miete in Porta zahlen. Das hieß, doppelte Miete, denn im August zog ich in die neue Wohnung. Vorab baute ein Bekannter, ein Tischler, ein neues Katzengehege mit tollem Dach, auch aus stabilem Draht.

Meine Finanzen erlaubten mir eigentlich keinen Umzug, aber wie so oft, half mir meine Hausbank und ich nahm einen Kredit auf für die Mietkaution, das Gehege und doppelte Mieten. Ich hatte viele Helfer und Freunde, sie ließen mich nicht im Stich. Ich kaufte mir in meinem langen Leben das 1. Mal eine neue Küche und das mit 65 aus einem Möbelmarkt. Vom Äußeren sehr ansehnlich, aber qualitativ nicht das Beste, sie war auch nicht zu teuer. Aber egal, ich legte nie so großen Wert auf Luxus, auch bei meinen Autos, es sollte praktisch und günstig sein.

Endlich angekommen? Nach so vielen Jahren in NRW hoffte ich es so sehr. Soviel Zeit zum Grübeln und Nachdenken blieb mir nicht, immer noch saß der Schmerz über den Verlust meiner drei Stubentiger Robin, Timo und Mia sehr tief, erneute Trauerarbeit, auch das will gelernt sein.

Kann das Buch vom Aquamarin-Verlag: *„Wenn Tiere ihren Körper verlassen"*, nur empfehlen.

Als Single ist man doch oft sehr einsam und allein, man mag auch nicht ständig Freunde anrufen, zumal die selbst ihre Sorgen und Probleme haben. So musste ich da alleine durch. Meist lenkte die Arbeit ab, einfach weitermachen und abends vor der Röhre, da kamen dann die Tränen, Schwermut, Hilflosigkeit, Hoffnungslosigkeit, Trauer, Angst und am nächsten Morgen ging es erneut weiter. Man funktioniert in unserer heutigen Gesellschaft, manche Menschen, sage ich ganz ehrlich, kann ich nicht ertragen.

Nun, dann sind da noch meine Katzen, die vier, Charly, Gypsy, Möbbel

und Pauli

Hier oben auf dem Foto, das ist Möbbel, ein Thema für sich. Hatten so viele Untersuchungen mit ihr gemacht, ganz viel Geld beim Tierarzt gelassen. Sie ist definitiv zu dick, aber wir schafften es nicht, abzunehmen. Ich kaufte und kaufe immer das Beste und teure Diätfutter, aber sie nahm und nimmt nicht ab. Es besuchte uns auch 2016 eine liebe Tierheilpraktikerin, die ihr Co-Enzyme, Kalium Carbonicum und etwas für die Bronchien verordnete. Eine Bioresonanz zeigte, dass der Stoffwechsel bei ihr nicht im Gleichgewicht ist. Möbbel bekam vor drei Jahren Arthrose und dadurch bewegte sie sich weniger, wollte auch nicht mehr spielen. Hatte immer die Hoffnung, es würde sich alles wenden. Tierärzte entlassen dich immer mit deinem Patienten, na ja, sie ist zu dick, Adipositas, aber wirklich helfen, das scheint wohl sehr schwierig zu sein. Und dann stehe ich da, einige hundert Euro weniger und bin genauso ratlos wie vor dem Arztbesuch. Als ich Möbbel und Timo aus den schlechten Verhältnissen bei der alten Dame wegholte, war sie ca. sechs Monate und ein Wildfang, nachdem sie sich vom Katzenschnupfen erholt hatte. Obwohl sie sehr möbbelig ist, ihr Gesicht ist sehr schön gezeichnet, sie hat einen lieben Charakter, lässt alle Untersuchungen mit sich machen, meckert nicht, kratzt und beißt nicht.

Dachte immer, wenn ich einige Kilos verlieren würde, sie dann auch: Ich bin aber ein Menschenkind und kann für mich entscheiden, sie ist auf mich angewiesen. Würde ich die Näpfe stehen lassen, sie räumte alles auf, hat immer Hunger und manchmal ist sie bestimmt auch nicht satt, aber da muss sie durch. Als junge Katze kletterte Möbbel am Zaun hoch und runter. Noch vor fünf Jahren war sie topfit. Dann begann das Röcheln, Humpeln und immer war sie verschleimt. Meine Katze war und ist doch krank. Wieder Untersuchungen, Geld weg!

Abschied vom Vater

Kapitel 2

Nach einem guten halben Jahr gab es den nächsten traurigen Anlass. Am 25.10.16 starb mein Vater mit 85 Jahren im Krankenhaus in Berlin-Neukölln. Irgendwie hatte ich eine Vorahnung, obwohl man mir am Telefon sagte, er sei stabil. Mein Bruder war auf Reisen und in der Kurzzeitpflege bekam mein Vater einen Magendurchbruch. Sofort wurde er notoperiert und blieb dann einige Wochen auf der Intensivstation im Klinikum. Intuitiv setzte ich mich am 24.10. morgens in den ICE nach Berlin und erreichte nach mehrmaligem Umsteigen gegen 15 Uhr das Krankenhaus, wo der Stationsarzt mir mitteilte, mein Vater befinde sich in der Sterbephase. Noch erschöpft von der Reise begleitete ich mit meinem mittleren Bruder und dessen Frau meinen Vater für einige Stunden. Vielleicht hatte er gespürt, dass wir da waren. Die Geräte waren schon abgestellt und nicht lange darauf gegen Mitternacht schloss er die Augen für immer. Ich hatte trotzdem das Gefühl, ich konnte mich verabschieden. 2006 war das leider nicht der Fall, bei meiner Mutter, die auch in der Reha einen Schlaganfall erlitt und kurz darauf verstarb. Ich hatte es nicht zeitig mit dem Auto geschafft, von Bad Oeynhausen nach Berlin zu jagen. Tage später konnte ich mich dann in einer Kapelle, wo sie in einem Sarg aufgebahrt war, verabschieden. Es war ein Anblick, den ich bis heute nicht vergessen kann, ich hatte meine Mutter nicht wieder erkannt. Man spricht doch oft davon, dass Eheleute sich mit dem Sterben abstimmen, beide im Oktober, nicht weit aus einander, sollte so sein.

Die Rückfahrt vom Krankenhaus nach Bad Oeynhausen, noch am selben Tag, war schon bewegend. Ich traf im Speisewaggon nette Menschen und trank auch ein Bier, der Wein war zu teuer. Ganz wirr im Kopf von den vielen Eindrücken, was geschehen   war.

Kapitel 3

Neues Heim, neue Aufgaben

Meine Tiere gaben mir wie immer Trost, wenn ich traurig und verzweifelt war. Auch wenn ich nur der Dosenöffner und Butler von ihnen war und bin, was wären sie denn ohne mich und umgekehrt genauso, klar, ich hätte mehr Geld im Portemonnaie und mehr Freizeit, aber ich wusste immer und weiß es auch heute, sie würden mir fehlen, meine Samtpfoten. Wer sich einmal für ein Leben mit den Samtpfoten entschieden hat, führt es dann auch durch und begleitet seine Fellnasen bis zum Tode.

Nicky, der Urlaubskater, kam öfters, wenn sein Frauchen auf Reisen ging oder eine auswärtige Arbeitsstelle hatte. Manchmal jagte er mein Möbbelchen, aber viel schneller schaffte sie es auch nicht, auszuweichen. Ein gutes Training für sie.

3 Jahre wohne ich hier in Eidinghausen, bis auf den Straßenlärm fühlte ich mich bisher recht wohl.

Eine nette Anwohnerin in einer ruhigen Nebenstraße hat auch 3 Katzen und einen Hund und Familie mit Kind und Enkelkindern. Sie ist sehr tierlieb und hält die Augen offen, wenn herrenlose Streuner sich in unseren Gärten bewegen. Wir tauschen unsere Erfahrungen mit den Tieren aus und helfen einander. Inzwischen haben wir uns angefreundet. Im Mai 2018 musste ich einen schwerkranken Streuner in der Tierklinik erlösen lassen. Er kam regelmäßig und auch manchmal nicht zum Fressen und als er doll erkältet war, habe ich ihn eingefangen und zum Doc gebracht. Da er nicht kastriert war, musste er bei der Tierärztin unters Messer, obwohl ich zaghaft fragte, ob er es überleben würde. Nein, sie hätte ihn nicht kastrieren dürfen, so schlecht waren seine Blutwerte, aber nach einer Woche bei mir in Quarantäne und guter Pflege mit Futter, Antibiotika, bekam er eine Lungenembolie und so war sein jämmerliches Dasein zu Ende und ich um 180€ leichter. Meine liebe Nachbarin gab mir die Hälfte dazu und begleitete mich auch in der Nacht zum Notdienst. Auch dort musste ich den halbmüden Tierarzt bemängeln, dem fast die Augen zufielen, weil er wahrscheinlich rund um die Uhr Notfälle versorgen musste.

Kurz darauf stand eine trächtige, getigerte Miezekatze vor der Tür. Hunger ohne Ende, sie kam morgens und abends zum Fressen. Ich lief die Nebenstraßen ab und auch sie hatte keinen Namen oder Besitzer, geschweige denn eine Telefonnummer auf einem Halsband, also herrenlos. Allein die Zeit, die man verweilt, um herauszufinden, wohin gehört der Streuner?

So blieb nur das Tierheim, welches sie auch erst aufnahm und mein Wunsch, dass sie dort bleiben konnte, ihre Welpen kriegen und vermittelt würde, blieb unerfüllt. Lucy, so hatte ich sie getauft, hatte eine Sturzgeburt und die Babys konnte man nicht retten, trotz eines Kaiserschnittes. Sie erholte sich schnell von der Geburt und Operation, wurde kastriert und nach einer Woche musste ich sie abholen, weil sie Randale im Tierheim machte, wollte dort weg, die Freiheit rief. Wieder in die Box und hinaus auf die Wiese. Ich hatte vorher alle Häuser abgeklappert, ein *„Nobody"* streift weiter durch die Gegend, inzwischen kastriert und schlaucht sich durch. Nun gut, was blieb mir übrig, ein Fresser mehr. Ich weiß bis heute nicht, wo sie wohnt oder schläft, vielleicht ein Zuhause hat, denn zum Fressen kommt sie zu mir oder zur Nachbarin.

Ich möchte hier mal anmerken, vielleicht in den Tierheimen etwas zu verändern, die Quarantäneräume zu vergrößern. Die Katzen sind schon gestresst genug durch das Einfangen und dann noch eingesperrt. Auch die viel zu hohen Preise der Tierärzte erschweren vielen Tierbesitzern, ihre Vierbeiner behandeln zu lassen. Wenn man Glück hat, geht es vielleicht auch in Raten. Im schlimmsten Fall erlebt man es immer wieder, ist kein Geld da, verreckt das Tier, muss das sein? In manchen Städten gibt es eine Notfallambulanz, fährt von Ort zu Ort und behandelt die kranken Hunde, Katzen, Vögel, Hasen etc. in ihrem Heim. Aber in den kleinen Örtchen gibt es das nicht, wie schade! Unnötige Häuser und Villen werden gebaut, Straßen aufgerissen, Büros gebaut, aber noch ein weiteres Tierheim, nein dafür ist kein Geld und kein Platz da, warum?? Jede Kleinstadt müsste ein eigenes Tierheim haben und eine preisgünstige Tierklinik. Unser Sozialstaat Deutschland, aber leider nicht für die Tiere, vorm Gesetz sind diese nur eine Sache. Unüberschaubare Politik und unzählige Diskussionen über den Tierschutz, *__Handelt, liebe Tierfreunde__*!

Eine Bitte an alle Katzenbesitzer: lasst Eure Samtpfoten kastrieren und kümmert Euch immer gut um sie, sie geben soviel zurück.
Hier noch einige Fellnasen, die mir begegnet sind, ich gepflegt, vermittelt und die ich alle versorgt habe und

Bobby

Shanti

und die nun nicht mehr bei uns sind
und über die Regenbogenbrücke gingen.

Mia

Tric

Sammy

Kapitel 4

Erholung vom Tierschutz

Nun waren wieder zwei Jahre vergangen und das Jahr 2018 ist auch ratz fatz verstrichen. In diesem Jahr verbrachte ich soviel Zeit mit den Tierarztbesuchen. Einmal war es die Überfunktion der Schilddrüse bei meiner Gypsy, sie war gerade 15 geworden, dann meine Möbbel, die immer wieder ihre Asthmaschübe bekam, Charly, der eierte, weil seine Gelenke durch die Arthrose schmerzten. Das, was wir Menschen so im Laufe unseres langen Lebens bekommen, Tiere sind davon auch nicht verschont. Nur können sie nicht sagen, was ihnen fehlt und wo es weh tut. Aber als gute Katzenmutter sah ich es und sehe es sofort, wenn etwas nicht stimmt. Dann ab in

die verhasste Box und zum Tier-Doc.
Man hat dann gleich wieder einige
Euros in dreistelliger Zahl weniger
auf dem Konto. Gypsy, die dreifarbige Glückskatze fing immer wieder an,
sich zu übergeben, fraß dann wie ein
Scheunendrescher, nahm aber nicht
zu, sondern ab. Der TT4-Wert war
definitiv zu hoch und musste behandelt werden und das für immer. Sie
bekam und bekommt ein Mittelchen
und alle halbe Jahre wird der Krea-
tinin und TT4-Wert kontrolliert. Aber
sie wurde gut eingestellt und es gab
immer wieder Tage, wo es ihr nicht
gut ging und geht.

Charly ist ein sehr dominanter Kater,
er war von kleinauf ein Schreier und
musste sich immer in den Vorder-
grund spielen. Am liebsten hätte er
es, auf den Arm genommen zu werden, kuscheln und schmusen, dann
wäre die Welt zumindest für einige
Stunden in Ordnung. Aber bei 4
Fellnasen war das nicht immer mach-
bar. Er bekam Traumeel-Tropfen

und für die Gelenke Grünlippmuschelextrakt. Zu meiner möbbeligen Katze, sie wurde 2018 8 Jahre alt, nicht ein bisschen abgenommen, wir hatten so viele Untersuchungen gemacht, teures Diätfutter von Royal Canin und Hills gekauft, nichts führte zum Erfolg. Nun ja, sie hatte seit 2015 auch eine Arthose und humpelt mit dem einen Hinterlauf, seitdem sie einige Stufen runtergefallen war.

Was sollte ich denn mit ihr anstellen, wenn sie nicht laufen wollte. Wie toll war es, als sie noch 2014 überall hochkletterte und verspielt war. Es war schon eine Umstellung für uns beide. Ich glaube aber, am schlimmsten hatte sie der Tod ihres Bruders Timo getroffen. Er war nun nicht mehr da, nicht mehr in ihrer Nähe, wo sie doch immer unzertrennlich waren. Sie trauerte und natürlich konnte ich nicht immer kontrollieren, ob sie von den anderen Näpfen Futter stahl. Das sind Dinge, die ich inzwischen abgeschafft habe. Es blieb nie mehr ein Napf stehen und so ist es heute noch.

2018 musste auch Pauli, mein schwarzer, unters Messer, einige Zähne sollten entfernt werden und der Zahnstein. Alles hatte er gut überstanden. Inzwischen war er auch neun und ein sehr mobiler Kater, der gerne spielte und wenn Nicky, mein Urlaubskater kam, ging dann die Post ab. Beide jagten durch die Stuben, raus ins Gehege, auf die Kletterbäume und wieder rein in die Stube.
Nach wie vor besuchte uns eine Tierheilpraktikerin zu Hause, hauptsächlich, um Möbbel zu behandeln. Sie bekam Enzyme, pflanzliche Tinkturen, Schmerztropfen, getreidefreies Futter. Da gehen die Meinungen der Tierärzte auch auseinander, der eine meint, Naßfutter wäre besser zum Abnehmen, der andere behauptet, nur gutes Trockendiätfutter würde zum Erfolg führen. Ich habe alle Va-

rianten ausprobiert, die Katze auch, aber der Erfolg, der blieb aus. Wie auch, wenn sie sich nicht bewegte, bis heute nicht. Gerade mal von Platz A nach Platz B, vom Schlafzimmer ins Wohnzimmer, dann von der Küche ins Wohnzimmer und ins Gehege, wo sie aber auch nur relaxte, wenn die Sonne schien. Ich konnte und kann doch nicht mit meiner Katze durch den Garten an der Leine laufen, wäre ja auch Quälerei für uns beide. Mehrere Röntgenbilder und Ultraschalluntersuchungen und Blutprofile, auch in einer Tierklinik, ergaben nichts Neues. Die Werte waren ok, keine Tumore, keine Diabetes etc.

Um wieder hunderte von Euros leichter, entließ man mich, Katze wäre zu dick, als ob ich das nicht wüsste. So vergingen Wochen, Monate und nichts änderte sich an Möbbel's Zustand. Natürlich flößte ich ihr ihre Medikamente ein, aber von Jahr zu Jahr wurde ihr Asthma schlimmer. Wen wundert es, der Keller hier in diesem Hause war so feucht und voller Schimmel, direkt darüber sind meine Schlaf -und Wohnräume. Ich war von Anfang an hier immer erkältet, meine Bronchien angegriffen. Auch bei mir gab es einige Untersuchungen wie Allergieteste, Röntgenbilder der Lunge, ein MRT des Kopfes, Hals-Nasen und Ohrenbereich wurden untersucht, nichts weltbewegendes, aber ich bin ständig erkältet, ob Sommer oder Winter. Meine Gelenke schmerzen durch die Arthrose. Ich versuche, mich gesund zu ernähren, esse schon länger kein Fleisch mehr, viel Gemüse und Fisch und Milchprodukte stehen auf meinem Speiseplan. Knoblauchtinktur mit Zitrone, Obstessig mit Kräutern, Arganöl, das alles nahm und nehme ich täglich zu mir.

Kapitel 5

Sommer und keine Erholung

Im Jahr 2018 war auch der Sommer sehr heiß und wenn man immer funktionieren muss, unerträglich. Ich war und bin kein Sommermensch, wurde im Dezember geboren und ich freue mich jedes Jahr auf den Herbst. Um mich herum düsten alle in die Ferien und sprachen vom Urlaub. Dieses Wort war schon seit 15 Jahren kein Thema für mich. Solange war ich nicht mehr auf Reisen. Klar, einen kleinen Abstecher in meine Heimat Berlin, das konnte ich mir erlauben, wenn ein Klassentreffen war und auch eine Fahrt zu Verwandten nach Bayern, das war drin. Wenn man kranke Miezen versorgen musste, war ich froh, liebe Nachbarn zu haben, die das übernahmen. Es klappte auch gut für die Zeit. Aber an die See, ich liebe die Nord – und die Ostsee, das blieb erst einmal ein Wunsch, vielleicht später! So arbeitete ich weiter bei der Parisozial, betreute die demenzerkrankten Patienten, ging zu meiner Putzstelle, verbrachte viele Sonntage auf den Flohmärkten, um wieder Euros zu bekommen. Um auch auf andere Gedanken zu kommen, setzte ich mich an meinen Schreibtisch und Computer und schrieb ein neues Buch, was mir viel Spaß und Entspannung brachte. Auf meiner Terrasse konnte man leider nicht sitzen, nicht nur die Hitze, nein auch der Straßenlärm, waren unerträglich. Früher hatte ich auch Aquarelle gemalt und in einem abgelegenen Gärtchen, wo man Ruhe und Muße hätte, täte ich das wohl wieder gern. Selbst meine Stubentiger genossen diesen Sommer nur gegen spät abends, wenn die Hitze vorbei war und dann relaxten sie im Katzengehege, wollten nachts gar nicht rein. Auch in den heißen Monaten hatte ich große Probleme mit den Bronchien und den Gelenken. Akupunktur half ein wenig, aber Reha-Sport absolut gar nicht, im Gegenteil: Ich ging mit Schmerzen hin und kam mit Schmerzen wieder. Das ging gar nicht. So entdeckte ich das Laufen, Nordic-Walking. Ich besuchte einen Kurs mit gesundem Frühstück und leider kam in unserem Viertel keine Gruppe zusammen. So musste ich allein walken und habe es dann auch gemacht. Es tat den Gelenken gut, sie waren mir dankbar. Natürlich waren das nur Stunden und die Nacht, wo es eine Besserung gab. Morgens dann das gleiche Drama, aufstehen mit Schmerzen, steifen Gliedern, aber nach einigen Minuten und Bewegung klappte es ganz gut. Ich lebe damit schon so viele Jahre und Hammermittel kamen und kommen für mich nicht in Frage. Ich müsste abnehmen. Leichter gesagt als getan. Wie viele

Diäten hatte ich versucht, Trennkost, Weight-Watchers, nur Eiweiß, alles nur vorübergehende Erfolge. Ich war und bin der große Möbbel.

Ganz oft hatte ich wirklich unerträgliche Schmerzen, gerade auch bei der Hitze. Ich vertrug und vertrage die Kälte besser. Na, dann flüchtete ich mich in meine Einsamkeit und bedauerte mich meist allein. Warum sollte ich auch meinen Freunden was vorjammern. Jeder hatte sein eigenes Leben und seine Problemchen und Sorgen. So wie einst früher, wo alle mehr Zeit für einander hatten und sich öfter trafen und sahen, nein, so war es nimmer, leider!
Wie schade, dass so wenig Raum ist zwischen der Zeit, wo man zu jung und der, wo man zu alt ist!
Oft hatte ich schon depressive Phasen, wenn es mir körperlich sehr mies ging oder ich wieder mal jeden Euro umdrehen musste, dann kamen meine Samtpfoten und gaben mir wieder

neue Kraft und Mut für die nächsten Tage.

Was hatte ich auch für einen Mist in den letzten sieben Jahren erlebt, 3 x umgezogen, jedes Mal von vorn beginnen, immer erneut Schulden machen, niemals ankommen und sagen können: *„hier ist mein Zuhause, hier fühl ich mich wohl, hier möchte ich bleiben und alt werden"*.

Meine Vierbeiner gaben mir die Energie und den Optimismus, weiterzumachen, egal, ob es regnet, die Sonne scheint oder schneit. Ab und zu traf ich mich auch mit einer Freundin auf ein Frühstück oder zum Kaffeetrinken oder zu einem Kinobesuch, das war es auch schon. Das lag natürlich auch an mir, denn manchmal hatte ich mich bewusst zurückgezogen, um nicht meinen Lieben etwas vorzujammern. Viele kannte und kenne ich über 20 Jahre und als man um die 40 war, konnten wir Tennis spielen, in die Sauna gehen, ab und zu

auch mal in eine Disco oder in die
Weinstube. Da war noch Schwung in
den Knochen und Elan und Ausdau-
er, ich hatte immer im Fitness-Studio
Kräfte gesammelt und etwas Gutes
für meine Muskeln und Gelenke getan. Und heute, manchmal denke ich,
bin ich schon 100?

Diese elektronische Zeit, moderne
Technik, ich hatte schon immer damit ein Problem und habe es noch
heute. Warum können Menschen
nicht mehr mit einander sprechen, als
nur auf das blöde Smart-Phone glot-
zen, rollen, surfen, googeln etc. Die
Kommunikation war doch immer
wichtig, das in die Augen sehen und
nicht auf ein Foto. Viele Kinder haben das Spielen und Lesen verlernt,
Schuld allein sind die Medien und
natürlich auch das Umfeld. Jedenfalls
habe ich immer mit meinen Fellnasen
gesprochen und ihnen keine SMS ge-
schickt, sie in den Arm genommen
und gestreichelt. Ich persönlich glaube, diese moderne Technik macht die

Menschen einsam und träge. Gerade die jungen Menschen sollten sich nicht so abhängig davon machen. Aber wie gesagt, das ist meine Meinung und muss nicht jeder teilen!

Tiere , gehen ganz anders durchs Leben, allein oder im Rudel oder zu zweit wie die Schwäne und Tauben, sie brauchen kein Handy, keinen Bildschirm, laute Musik, nein sie haben ihre Instinkte und Liebe und kommen gut damit klar.

Kapitel 6

Das Jahr 2019

Dieses Jahr werde ich nie in meinem Leben vergessen, so viele Veränderungen, 2 neue Bücher, nee mit diesem sogar 3. Wir hatten einen sehr milden Winter und bis auf Lucy hielt es sich mit den Streunerkatzen alles in Grenzen. Ich musste keine Falle aufstellen oder ständig umherdüsen, wem die Katze oder der Kater gehöre. In einem Fall doch, ein schwarz-weißgezeichneter Kater kam regelmäßig zu mir und bettelte, als ob er kein Zuhause hätte. Aber Anton, so war sein Name, wohnte nicht weit weg von mir. Er hatte ein schönes Heim und trotzdem suchte er wohl noch ein zweites. Na ja, jedes Futter mochte er auch nicht. Seinen Menschen sagte ich, dass er mich oft besuchen würde. Nun gut, er war und ist kein Streuner. Er kommt immer noch. Auch zwei getigerte, die ich nicht zuordnen konnte, sind unterwegs. Wenn Katzen sprechen würden, so hätte ich die Straße mit Hausnummer. Immer wieder wurde über Waschbären getuschelt und ständig vernahm man aus der Presse, wie viele wieder abgeknallt wurden, schrecklich, warum wird das erlaubt. Bei meinen nächtlichen und auch täglichen Katzenrunden entdeckte ich eine Lebendfalle in einer Nebenstraße. Natürlich klingelte ich bei dem besagten Aufsteller und machte ihn auf die Schonzeit der Marder und Waschbären aufmerksam, es war Mai. Er tat ganz verdattert, als ich ihn auf die Falle ansprach. Er wolle ja kein Tier töten, nur wieder woanders aussetzten. Als ob er dann den Marder los wäre. Man könnte sich auch Hilfe holen, waren meine Worte. Ich behielt ihn im Auge. Kann doch nicht Hinz und Kunz Fallen aufstellen, um sich Abhilfe zu schaffen. Dieses Gesetz, welches den Jägern erlaubt, die Waschbären einzufangen und in der Falle abzuschießen, wer macht diese Vorschriften? Der Mensch hat in den Achtzigern die Bären nach Europa gebracht, wo sie erst den Schickimicki-Frauen als Pelz dienten, dann auf einmal siedelten sich viele von ihnen auch in Deutschland an. Aber deshalb alle zu töten, welchen Sinn ergibt

das? Man kann friedlich mit ihnen zusammenleben. Natürlich werden sie durch die Komposthaufen und überfüllten Mülltonnen mit Nahrung angelockt, aber schuld sind Menschen. Eine Anwohnerin und ich hatten einen Artikel für die Zeitung verfasst und unsere Mitmenschen aufgefordert, nicht jeden Waschbären zu killen. Warum die Jäger das dürfen, mir sowieso ein Rätsel. Ich war und bin prinzipiell gegen die Jagd, egal, welches Tier es ist.

Ich esse schon längere Zeit kein Fleisch mehr, werde es auch nicht mehr tun. Etwas Lustiges muss ich noch einfügen, im August dieses Jahres musste ich mit Pauli zum Tierarzt, Zahnstein und Labor. Er bekam natürlich eine Narkose. Trotzdem Pauli noch benebelt war, hatte er sich auf der Rückfahrt im Auto aus dieser Box befreit und verschwand unterm Beifahrersitz. Sämtliche Bemühungen, ihn dort rauszulocken, scheiterten und schließlich verschwand er aus dem Auto richtig Gebüsch der Nebenhäuser. Ich, in Panik, suchte und rief meinen torkelnden Kater mit der Angst, er könnte über die große Straße laufen. Alles vergeblich. Schon Tasso informiert und überall Flyer aufgehängt, musste ich doch mich in den Schlaf trösten, er kommt zurück. Und so war es auch, am nächsten Tag hockte mein schwarzer Ausreißer unterm Busch auf der Terrasse.

Meine Tiere kränkelten auch in diesem Jahr, sei es Gypsy mit ihrem ständigen Erbrechen, dann wieder Freßphasen. Dann Charly mit seinen Hinterläufen, er eiert durch seine Arthrose und seit einigen Monaten bekommt er Physiotherapie, welche er offensichtlich genießt. Dann Möbbel, die nicht abnimmt, inzwischen auch Asthma hat, sie muss inhalieren und bekommt einige Mittelchen. Pauli, mein lebendigster, würde so gerne durch die Wiese laufen und Mäuse jagen. Aber das Gehege grenzt das leider aus. Wieder mehrere teure Tierarztbesuche und manchmal kurze Nächte, aber zwei meiner Samtpfoten wurden dieses Jahr 16 und das ist schon ein stolzes Alter. Pauli und Möbbel werden 10. Allein die Internetapotheke verdient an mir ganz schön, bin ein treuer Abnehmer. Das Frühjahr rückte näher und es gab viel Regen, der auch in unserem Keller landete, weil eine Regenrinne total veraltet und defekt war. Die Feuchtigkeit war das Schlimmste, gerade für meine schon angegriffenen Bronchien. Ich hatte auf einmal 90% Luftfeuchtigkeit im Schlafzimmer. Der uralte Keller wurde wahrscheinlich nie trockengelegt und überall zeigten sich Spuren von Schimmel und Feuchtigkeit. Mir ging es oft schlecht und erst recht, als die Hitze kam. Nicht nur mein Rheuma machte mir zu schaffen, auch dieser feuchte Keller. Das Highlight in diesem Jahr kam dann und gab mir den Rest.

Meine Vermieter wollten das Haus sanieren, also Hauswand streichen, neue Fenster etc. ich sollte zum Oktober mein schönes Katzengehege abbauen und würde dafür im Innenhof ein neues bekommen. Man wollte keine Dübel und Schrauben auf der neu gestrichenen Hauswand. Nun gut, ich war nicht begeistert und enttäuscht, zumal in meinem Mietvertrag steht:: Katzengehege im Garten und nicht im Innenhof. Aber wieder streiten, wieder zum Mieterbund, das wollte ich nicht und ehrlich, ich hatte auch keine Kraft mehr für irgendwelche Auseinandersetzungen. Was blieb mir auch übrig, so schnell eine neue Bleibe zu finden, unmöglich! Und der Oktober nahte und ein lieber Nachbar baute das alte Gehege ab, konnte das Material gebrauchen. Das neue wurde aufgerichtet, ein größerer Kaninchenstall, sage ich Ihnen! 3 Meter Rollrasen und noch nicht mal halb so groß wie das alte. Sehr unsauber verarbeitet und meine Tiger mögen es bis heute nicht. Im November d. J. wurden dann die neuen Fenster eingebaut, aber die Hauswand, nein, die wurde nicht gestrichen, der Maler

hatte einfach wegen der Wetterbedin-
gungen abgesagt. Toll nicht, mein
schönes Gehege hätte bis zum Frühjahr mit Sicherheit noch meine

Fellnasen erfreut. Wieder einmal
wurde ich enttäuscht und nicht nur
meinen Samtpfoten wurde ein Stück-

chen Freiheit genommen, nein, die Aussicht, wenn meine Vierbeiner im Garten im Gehege waren, erfreute mich jedes Mal. Jetzt ist links und rechts Mauer und Pauli total unglücklich, ruft immer wieder seine Artgenossen, die er immer sehen konnte, jetzt nur Beton. Mein Entschluss, wieder meine Koffer packen, hier abhauen und Lebewohl sagen, das schmerzt schon. Wieder Menschen, die ihr Wort gebrochen haben. In diesem Jahr war ich sooft niedergeschlagen, deprimiert und enttäuscht, krank und total verletzt. Trotzdem hatte ich es geschafft, 2 Bücher zu veröffentlichen, meinen Katzenkrimi und die syrische Katzengeschichte. Immer, wenn es mir nicht gut ging, habe ich dann als Ausgleich geschrieben. In diesem Jahr gab es auch freundschaftliche Trennungen, aber wieder neue Begegnungen und immer öfter musste ich feststellen, dass mich treue Menschen schon über 20 Jahre hinweg begleiteten und mir zur Seite standen und noch stehen. Jetzt surfe ich im Internet und bin auf Wohnungssuche, wieder ein kleines Häuschen vielleicht mit Garten für meine Samtpfoten und mich. Es wäre schön! Übrigens hatte ich im November einen Termin bei unserem Bürgermeister. Mein Anliegen waren die Jagd auf Waschbären in unserer Stadt, ich hatte mehrere Unterschriftenlisten gesammelt, natürlich gegen die Jagd und ich bat ihn um eine Geschwindigkeitsbegrenzung in unserer Strasse, weil sie dort wie die verrückten rasen trotz Schule und Kindergarten. Ich sollte Antwort erhalten, er würde es weiterleiten, mal abwarten, was da kommt!

Hier endet meine Fortsetzung des 2.
Teils und meine Stubentiger Möbbel,
Pauli, Gypsy und Charly und ich be-
danken sich bei unseren Lesern.
Vielleicht habe ich Lust und neue
Ideen für eine weitere Fortsetzung

meines Lebens mit den Samtpfoten,

aber dann erst 2020!

Eure Tierfreundin Silvia

Herstellung und Verlag:
BoD - Books on Demand, Norderstedt
ISBN 978-3-7504-3159-1